迦陵詩詞稿

增訂版

葉嘉瑩　著

中華書局

圖書在版編目(CIP)數據

迦陵詩詞稿/葉嘉瑩著.—2版(增訂版).—北京:中華書局,2019.12(2021.5重印)
ISBN 978-7-101-13728-6

Ⅰ.迦… Ⅱ.葉… Ⅲ.詩詞-作品集-中國-當代 Ⅳ.I227

中國版本圖書館CIP數據核字(2019)第007480號

責任編輯:余 瑾

迦陵詩詞稿(增訂版)

葉嘉瑩 著

*

中 華 書 局 出 版 發 行

(北京市豐臺區太平橋西里38號 100073)

http://www.zhbc.com.cn

E-mail:zhbc@zhbc.com.cn

北京市白帆印務有限公司印刷

*

787×1092毫米 1/16・27½印張・2插頁・150千字

2007年2月北京第1版 2019年12月北京第2版

2021年5月北京第5次印刷

印數:10001-13000冊 定價:98.00元

ISBN 978-7-101-13728-6

目録

曲稿

小令

套數

二集

詩稿

詞稿

附録一　應酬文字……………三〇七

序

繆鉞

加拿大籍華裔學者葉嘉瑩教授自一九八二年始，每歲夏間來成都，與余共同研究評論唐五代兩宋詞，竭四年之力，至一九八六年，共撰《靈谿詞説》四十二篇，自創體例，發抒所得，既已刊行問世矣。葉君嘗出示其舊作詩詞，而每有新什，亦必就余商榷利病。數年前，其女弟子某君輯録葉君舊作刊於臺灣，曰《迦陵詩詞稿》（附有散曲），去取未盡當也。近擬增補重刊，乞序於余。余不敢苟且下筆，故遲遲未有以應命。一九八八年夏，葉君應聘來四川大學，與余合作指導博士研究生。講課之暇，深論詩詞，余擬就所知所感者爲君稿撰序以應夙約，乃瑣事叢脞，屬稿甫半。一九八九年，葉君本擬重來成都，然風雲變幻，所願未遂，信乎人生聚合之難期也。余重讀君之所作，彌增懷遠之思，遂賡續前稿，撰成此篇焉。

吾國詩教，源遠流長。女子能詩者，代不乏人。然古代女子，畢生周旋於家庭之内、親故之間，鮮能出而涉世，更不能預聞國政，自非極少數超群絶倫者之外，所作大抵柔婉有餘而恢宏不足。譬如花樹之植於庭園，飾爲盆景，雖亦鮮妍可賞，然較諸生於深山大澤，更歷風霜者，其氣象之大小迥不侔矣。此固時代局限之所構成，不能苛求於前人也。至於兼能深研文史，發爲著述，立足於學術之林者，在古代女詩人中尤少概見。葉君少長京華，離居臺嶠，遭罹家難，生計艱辛，而以堅韌不拔之操，人十己百之力，撰文講學，才識日顯。故於五十年代中期即爲臺灣大學中文系教授，六十年代中期，應聘至美國密西根州立大學、哈佛大學爲客座教授，後遂任加拿大不列顛哥倫比亞大亞洲系終身教授，至今二十年矣。其間曾講學日本，遊歷西歐，奇書秘籍，恣其研讀，鴻生碩彦，相與切磋。祖國撥亂反正之後，葉君每歲歸來，講學著書，懷京華北斗之心，盡書生報國之力。專著已刊行者十三種，其餘論文不計焉。其中論析陶淵明、杜甫、李商隱諸家詩，唐五代兩宋名家詞，下逮王國維之文論、創作及其爲人，均能考訂精審，闡發深微，且採用西方現象學、詮釋學、符號學等文學新理論，進行反思與觀照，遂能度越前修，獨創新解。縱觀葉君涉世之深，學養之富，出其餘緒以爲詩詞，宜其所作實大聲宏，厚積薄發，迥異於前代諸女詩人者矣。

葉君論詩詞，極重感發興起之功。夫感發興起之功，由於作品中之真情實感。葉君具有真摯之情思與敏鋭之觀察力，透視世變，深省人生，感物造端，抒懷寄慨，寓理想之追求，標高寒之遠境，稱心而言，不假雕飾，自與流俗之作異趣。葉君少承家學，又於輔仁大學受業於顧羨季先生隨，蒙其知賞，獨得真傳。君兼工詩詞，而詞尤勝，蓋要眇宜修之體，幽微綿邈之思，固其才性之所近也。葉君少時爲詩，清逸似韓致堯，其後更歷世變，内涵既豐，境界開拓，所作大抵英發疏宕，卓然有以自異。至於填詞，則商榷前藻，含英咀華，各取其所長以爲己用，而因時序之遷移，内涵之歧異，又常有所更新。一九八八年，君嘗謂余曰：「吾生平作詞，風格三變。最初學唐五代宋初小令；以後傷時感事之作又嘗受蘇、辛影響；

近數年中，研讀清真、白石、夢窗、碧山諸家詞，深有體會，於是所作亦趨於沉鬱幽隱，似有近於南宋者矣。」昔周介存選録宋四家詞，主張學詞者應由南返北，「問途碧山，歷夢窗、稼軒以還清真之渾化」。今葉君作詞之經歷則是由北趨南，從馮、李、歐、秦、蘇、辛諸人影響下脱化而出以歸於周、姜、吴、王，取徑不同，而其深造自得則一也。今選録葉君於不同年代所作詞三首，庶可以見其意境風格三次嬗變之迹焉。

蝶戀花

一九五二年春臺南作

倚竹誰憐衫袖薄。鬥草尋春，芳事都閒卻。莫問新來哀與樂。眼前何事容斟酌。　雨重風多花易落。有限年華，無據年時約。待屏相思歸少作。背人剗地思量着。

水龍吟 秋日感懷温哥華作　一九七八年

滿林霜葉紅時，殊鄉又值秋光晚。征鴻過盡，暮煙沉處，憑高懷遠。半世天涯，死生離別，蓬飄梗斷。念燕都臺嶠，悲歡舊夢，韶華逝，如馳電。　一水盈盈清淺。向人間、做成銀漢。鬩牆兄弟，難縫尺布，古今同嘆。血裔千年，親朋兩地，忍教分散。待恩仇泯没，同心共舉，把長橋建。

瑤華 一九八八年七月北京作

戊辰荷月初吉，趙樸初先生於廣濟寺以素齋折簡相邀，此地適爲四十餘年前嘉瑩聽講《妙法蓮華經》之地，而此日又適值賤辰初度之日，以茲巧合，棖觸前塵，因賦此闋。

當年此刹，妙法初聆，有夢塵仍記。風鈴微動，細聽取、花落菩提真諦。相招一簡，喚遼鶴、歸來前地。回首處紅衣凋盡，點檢青房餘幾。　因思葉葉生時，有多少田田，綽約臨水。猶存翠蓋，剩貯得、月夜一盤清淚。西風幾度，已換了、微塵人世。忽聞道九品蓮開，頓覺癡魂驚起①。

注①：是日座中有一楊姓青年，極具善根，臨別爲我誦其所作五律一首，有「待到功成日，花開九品蓮」之句，故末語及之。

《蝶戀花》詞婉約幽秀，承《花間》、南唐、歐、晏遺風；《水龍吟》詞，感慨時艱，渴望祖國統一，豪宕激越，筆力遒健，頗受蘇、辛之沾溉；至於《瑤華》詞，則撫今思昔，感念人生，融合佛家哲理，取境幽美，用筆宕折，層層脱換，潛氣内轉，而卒歸於渾化，則深有得於周、姜、吴、王之妙者。讀者尋此嬗變之迹以求之，可見葉君數十年中填詞之用力精勤，日進不已也。

葉君嘗與余縱論詞史，謂千年之中，大變有四：「唐五代詞人所作多爲應歌之小令，北宋初歐、晏諸公猶承其餘風，雖醖藉幽美，而内涵未豐；柳耆卿流連坊曲，採掇新聲，大作慢詞，開展鋪敘之法，使繁複之景物情事能容納於詞中，此一變也。蘇東坡具超卓之才華，曠逸之襟抱，以詩法入詞，擴展内涵，更新境界，此二變也。周清真才情富艷，精通音律，以辭賦之法作詞，安排鈎勒，敘寫情事，密麗精工，此三變也。王静安讀康德、叔本華之書，融會西方哲學、美學思想於詞中，以小喻大，思致深邃，開古人未有之境，此四變也。」葉君雖生長中華，而足迹涉及北美、西歐、日本，歷覽各國政俗文化，既精熟於故土之典籍，又寖饋於西方之著作，取精用宏，庶幾能繼王静安之後，於詞體更開新境乎？此則余所馨香祝禱者矣。

一九八九年十一月寫於四川大學歷史系

學詞自述（代序）

葉嘉瑩

嘉瑩於一九二四年生於燕京之舊家。初識字時，父母即授以四聲之辨識。學齡時，又延姨母爲師，課以四書。十歲以後即從伯父習作舊詩。然未嘗學爲詞，而性頗好之，暇輒自取唐五代及北宋初期諸小令誦讀，亦彷彿若有所得，而不能自言其好惡。年十一，以同等學力考入初中後，母親爲購得《詞學小叢書》一部，始得讀其中所附録之王國維《人間詞話》，深感其見解精微，思想睿智，每一讀之則心中常有戚戚之感。於是對詞之愛好益深。間亦嘗試寫作，然以未習詞之格律，但能寫《浣溪沙》、《鷓鴣天》等與詩律相近之小令而已。

一九四一年，考入輔仁大學國文系，次年始從清河顧隨羨季先生受讀唐宋詩，繼又旁聽其詞選諸課。羨季先生原畢業於北京大學之英文系，然幼承家學，對古典詩歌有深厚之素養，而尤長於詞曲。講課時出入於古今中外之名著與理論之間，旁徵博引，意興風發，論説入微，喻想豐富，予嘉瑩之啟迪昭示極多。嘉瑩每以習作之詩、詞、曲呈先生批閲，先生輒對之獎勉備至。一日，擬取嘉瑩習作之小令數闋交報刊發表，因問嘉瑩亦有筆名或别號否？而嘉瑩性情簡率，素無别號。適方讀佛書，見《楞嚴經》中有鳥名迦陵者，其仙音遍十方界，而「迦陵」與「嘉瑩」之音，頗爲相近，因取爲筆名焉，是爲第一次詞作之發表。其後繼有作品發表，無論爲創作或論著，遂一直沿用此别號迄今，而與清代詞人陳維崧之號「迦陵」者，固不相涉也。

一九四五年大學畢業後，曾在當時北平之數所私立中學任教。一九四八年三月，赴南京結婚，是年秋，隨外子職務之遷移轉往臺灣。其後一年，甫生一女，即遭遇憂患，除一直未斷教學之工作，借以勉强餬口撫養幼嬰之外，蓋嘗抛棄筆墨不事研讀寫作者，有數年之久。

一九五三年，自臺南轉往臺北，得舊日輔仁大學教師之介紹至臺灣大學任教。一九六六年應聘赴美，曾先後在密西根州立大學及哈佛大學任客座教授。一九六九年，應加拿大不列顛哥倫比亞大學之聘，至該校任亞洲研究系教授迄今。一生從事教學工作，雖在流離艱苦中，未嘗間斷，今日計之，蓋已有三十八年之久矣。

主要著作已刊行者，有《迦陵談詩》、《迦陵談詞》、《杜甫秋興八首集説》、《迦陵存稿》、《王國維及其文學批評》、《中國古典詩歌評論集》、《迦陵論詞叢稿》等（前四種在臺灣刊印；第五、第六種原在香港中華書局刊印，後由廣東人民出版社再版；最後一種由上海古籍出版社刊印）。此外，尚有發表於國内外各大學學報之中英文論著多篇，又有《迦陵論詩叢稿》一種，現正由北京中華書局刊印中。至於詩詞曲之創作，則舊日在家居求學時期，雖時有所作，而其後爲生活所累，憂患之餘，遂不復從事吟詠。直至二十世紀七十年代後期，因多次返國，爲故國鄉情所動，始再從事詩詞之創作，而不復爲曲矣。部分詩詞稿曾在國内外報刊發表，其中刊印或有脱誤，或有經編者因編排需要而加以改動者，均尚未加以整理。

平生論詞，早年曾受王國維《人間詞話》及顧羡季先生教學之影響，喜讀五代及北宋之作，至於南宋諸家，則除辛棄疾一人外，對其他詞人賞愛者甚少。其後因在各大學任教，講授詞選多年，識見及興趣日益開拓，又因在國外任教之故，對西方之文學理論亦有所接觸，於是對詩歌之評賞，遂逐漸形成一己之見解。對舊傳統之詞論，漸能識其要旨及短長之所在，且能以西方之思辨方法加以研析及説明。所寫《常州詞派比興寄託之説的新檢討》及《〈人間詞話〉中批評之理論與實踐》諸文，皆可見出對評詞之理論方面所持之見解。至於從《温韋馮李四家詞之風格》、《夢窗詞之現代觀》及《碧山詞析論》諸文中，則可以分别見出其對不同風格之作者，在評説時所採取之不同途徑。要而言之，則其對詞之看法，蓋以爲詞與詩二者，既同屬廣義之詩歌，是以在性質上既有其相同之處，亦有其相異之點。若就其同者言之，則詩歌之創作首在其能有「情動於中」之一種感發之動機。此種感發既可以得之於「物色之動，心亦摇焉」的大自然界之現象；亦可以得之於離合悲歡撫時感事的人事界之現象。既有此感發之動機以後，還須要具有一種能將其「形之於言」的表達之能力，然後方能將其寫之爲詩，故「能感之」與「能寫之」實當爲詩與詞之創作所同需具備之兩種重要質素。然而詩人之處境不同，稟賦各異，其能感與能寫之質素，自亦有千差萬别之區分。故詩歌之評賞，便首需對此二種質素能做出精密正確之衡量。同是能感之，而其所感是否有深淺厚薄之不同；同是能寫之，而其所寫是否有優劣高下之軒輊。此實爲詩與詞之評賞所同需具備之兩項衡量標準。是則詩與詞無論就其創作之質素而言，或就其評賞之標準而言，二者在基本上固原有其相同之處也。然而詩與詞又畢竟爲兩種不同之韻文體式，是以二者間遂又存在有許多相異之點。而造成此多種相異之點者，則主要由於形式之不同與性質之不同兩種重要因素。先就形式之不同言之：詞之篇幅短小，雖有長調，亦不能與詩中之五七言長古相比，而且每句之字數不同，音律亦曲折多變，故爾如詩中杜甫《北征》之質樸宏偉，自居易《長恨歌》之委曲詳盡，便皆非詞中之所能有。然而如詞中馮延巳《鵲踏枝》之盤旋頓挫，秦觀《八六子》之清麗芊綿，則又非詩中之所能有矣。再就性質之不同言之，則詩在傳統中一向即重視

「言志」之用意；而詞在文人詩客眼中，則不過爲歌筵酒席之艷曲而已。是以五代及北宋初期之小令，其内容所寫皆不過爲傷春怨別之情、閨閣園亭之景，以視詩中陶、謝、李、杜之情思襟抱，則自有所弗及矣。然而詞之特色卻正在於能以其幽微婉約之情景，予讀者心魂深處一種窈眇難言之觸動，而此種觸動則可以引人生無窮之感發與聯想，此實當爲詞之一大特質。王國維《人間詞話》曾以「深美閎約」四字稱美馮延巳之小詞，又往往以豐美之聯想説晏、歐諸家之詞，便皆可視爲自此種特質以讀詞之表現。然而此種特質，在作者而言，亦有得有不得也。是以作詩與説詩固重感發，而作詞與説詞之人則尤貴其能有善於感發之資質也。其後蘇、辛二家出而詞之意境一變，遂能以詞之體式敘寫志意，抒發襟懷，一洗綺羅香澤之態，於剪紅刻翠之外，屹然別立一宗，此固爲詞之發展史上之一大盛事。蓋五代北宋之小令，在當時士大夫之觀感中，原不過爲遣興之歌曲，自蘇、辛出而後能使詞與詩在文學上獲得同等之地位，意境既得以擴大，地位亦得以提高，此其豐功偉績固有足資稱述者在也。然而既以詩境入詞，而詞遂竟同於詩，則又安貴乎其有詞也？是以蘇、辛二人之佳作，皆不僅在其能以詩境入詞而已，而尤在其既能以詩境入詞，而又能具有詞之特質，如此者乃爲其真正佳處之所在也。夫詩之意境何？能寫襟抱志意也。詞之特質何？則善於感發也。是以杜甫在詩中之寫其襟抱志意也，乃可以有「致君堯舜上，再使風俗淳」、「窮年憂黎元，嘆息腸内熱」之句，直寫胸懷，古樸質拙，自足以感人肺腑，此原爲五言古詩之一種特質。然而如以長短句之形式寫爲此種質拙之句，則不免有率露之譏矣。此蓋由形式不同，故其風格亦不能盡同也。是以蘇東坡之寫其高遠之懷，則以「瓊樓玉宇」爲言，寫其幽人之抱，則以「縹緲孤鴻」爲喻。至於辛稼軒之豪放健舉，慷慨縱横，然而觀其《水龍吟》詞之「楚天千里清秋」、《沁園春》詞之「叠嶂西馳，萬馬回旋」諸作，其滿腔忠憤鬱鬱不平之氣，乃全以鮮明之形象、情景之相生及用辭遣句之盤鬱頓挫表出之，無一語明涉時事，無一言直陳忠愛，而其感發動人之力則雖歷千古而常新。後之人不明此理，而誤以叫囂爲豪放，若此者既不足以知婉約，而又安知所謂豪放哉！至於蘇、辛而後，又有專以雕琢功力取勝者，如南宋後期諸家，此固亦爲各種文學體式發展至晚期以後之自然現象。若欲論其優劣，則如果以詞之特質言之，固仍當以其中感發之質素之深淺厚薄爲衡量之標準。夢窗、碧山縱不免晦澀沉滯之譏，然而有足觀者，便因此二家之作品，仍並皆蘊含有深遠幽微之感發之質素。至若草窗、玉田諸人，則縱使極力求工，而其感發之力則未免有所不足矣。昔周濟在其《宋四家詞選目録序論》中，即曾云：「草窗鏤冰刻楮，精妙絶倫，但立意不高，取韻不遠，當與玉田抗行，未可方駕王、吴也。」所論實深爲有見。而其所謂「立意不高，取韻不遠」者，固當正由於其「能感之」之質素既有所不足，「能寫之」之質素亦有所不足，是以既不能具有感發之力，亦不能傳達感發之力故也。平生論詞之見約略如此，至其詳説，則有《迦陵論詞叢稿》諸書可供參考焉。

至於對詞之寫作，則少年時雖往往觸物興感，時有嘗試，然未嘗專力爲之。其後又飽經憂患，絶筆不事吟詠者有多年之久。近歲以來，雖因故國鄉情之感，重拾吟筆，而功力荒疏，縱有感發之真，而殊乏琢煉之巧。前歲返國，與舊日同門諸友，在京聚首，回思昔年在淪陷區中從羨季先生讀詞之日，羨季先生往往寫爲寓興深微之作，以寄託其國家民族之悲慨。而今則國家重振，百業方興，欣喜之餘，曾寫有絶句一首，云：「讀書曾值亂離年，學寫新詞比興先。歷盡艱辛愁句在，老來思詠中興篇。」故近年之詞，每多關懷家國之作，此則平生爲詞之大略經過也。友人或有詢其論詞之作中曾對夢窗、碧山二家剖析精微，而所自作諸詞則與二家殊不相類，其故何在？此或者一則由於生性簡易與二家繁麗精工之詞風不甚相近；再則亦由於時代不同，不須更以隱晦之筆寫淒楚之音也歟？

又昔日所寫論詞之作，往往多爲單篇獨立之論説，雖在理論方面亦曾逐漸形成一系統之概念，然而所説諸家之詞，則並未嘗有意做系統之安排也。自一九八二年返國在四川大學講授唐宋詞選，猥蒙前輩學者繆鉞教授之知賞，相約共同撰述論詞之專著《靈谿詞説》，以七言絶句撮述要旨而附以散文之説明，喜其體制有簡便靈活之妙用，遂商定共同合作，擬以此種體制對歷代之詞人、詞作及詞論，做較具系統之介紹。其中由嘉瑩撰寫之部分，已寫得温、韋、馮、南唐二主及北宋初期之大晏與歐陽諸家，曾在《四川大學學報》先後發表，現仍在繼續撰寫中。至於關於撰寫《靈谿詞説》之動機，體例之詳細説明，對於論詞絶句、詞話、詞論諸體長短得失之衡量評述，以及此書所以取名「靈谿」之故，凡此一切，均詳於拙稿《靈谿詞説·前言》中。茲不具述。

一九八三年七月寫於成都錦江賓館

初集

詩稿

秋蝶 一九三九年

幾度驚飛欲起難，晚風翻怯舞衣單。三秋一覺莊生夢，滿地新霜月乍寒。

對窗前秋竹有感 一九三九年

記得年時花滿庭，枝梢時見度流螢。而今花落螢飛盡，忍向西風獨自青。

小紫菊　一九三九年

階前瘦影映柴扉，過盡征鴻露漸稀。淡點秋妝無那恨，斜陽閒看蝶雙飛。

詠蓮　一九四〇年夏

植本出蓬瀛，淤泥不染清。如來原是幻，何以度蒼生。

詠菊

一九四〇年

不競繁華日，秋深放最遲。群芳凋落盡，獨有傲霜枝。

秋曉

一九四〇年

五更敗葉因風落，聲聲檐際添蕭索。驚飛烏鵲欲何栖，四望寒霜滿林薄。

蝴蝶

一九四一年春

常伴殘梨舞，臨風顧影頻。有懷終繾綣，欲起更逡巡。漫惜花間蕊，應憐夢裏身。年年寒食盡，猶自戀餘春。

高中畢業聚餐會後口占三絶

强飲離樽奈别何，言歡翻恨聚無多。都將珍重前途語，發作筵前一曲歌。

歌罷方知强笑難，臨風寂寞立更殘。交遊總角風雲散，回首芸窗涕泗瀾。

握别燈闌夜已分，一彎斜月送歸人。他年若作兒時憶，回夢春風此最真。

入伏苦雨晚窗風入寒氣襲人秋意極濃因走筆漫成一律

一九四一年夏

剪剪輕風冷，濛濛細雨愁。計時猶是夏，變節竟成秋。蟬噤高低樹，煙迷遠近樓。孤燈如對月，明晦抑何尤。

挽繆金源先生

一九四一年時在淪陷中

山林城市詎非訛，簞盡瓢空志未磨。又見首陽千古節，春明也唱採薇歌。

讀皖峰夫子詩後

一九四一年秋

低諷如聞落筆聲，興言啼笑自天成。青山碧水崚嶒氣，有客高歌詠不平。
自古詩人涕淚多，一腔孤憤寫悲歌。每吟舒望遥山句，始信文章挽逝波。
自是春花富艷妝，東坡五醉不爲狂。林梅陶菊誰堪並，合鑄新辭陸海棠。

哭母詩八首

一九四一年秋

噩耗傳來心乍驚，淚枯無語暗吞聲。早知一别成千古，悔不當初伴母行。
（母入醫院時，瑩欲隨往，母力阻之，不料竟成此畢生恨事）

瞻依猶是舊容顔，喚母千回總不還。淒絶臨棺無一語，漫將修短破天慳。

重陽節後欲寒天，送母西行過玉泉。黄葉滿山墳草白，秋風萬里感啼鵑。

（予家塋地在玉泉山後）

葉已隨風别故枝，我於凋落更何辭。窗前雨滴梧桐碎，獨對寒燈哭母時。

颯颯西風冷繐帷，小窗竹影月淒其。空餘舊物思言笑，幾度凝眸雙淚垂。

本是明珠掌上身，於今憔悴委泥塵。淒涼莫怨無人問，剪紙招魂訴母親。

年年辛苦爲兒忙，刀尺聲中夜漏長。多少春暉遊子恨，不堪重展舊衣裳。

寒屏獨倚夜深時，數斷更籌恨轉癡。詩句吟成千點淚，重泉何處達親知。

母亡後接父書　一九四一年

昨夜接父書，開緘長跪讀。上仍書母名，康樂遥相祝。惟言近日裏，魂夢歸家促。入門見妻子，歡言樂不足。期之數年後，共享團欒福。何知夢未泠，人朽桐棺木。母今長已矣，父又隔巴蜀。對書長嘆息，淚隕珠千斛。

悼皖峰夫子　一九四一年

幾回憑弔過嘉興，俯視新碑感不勝。遥想孤吟風露下，數叢磷火代青燈。
列坐春風未匝年，何期化雨遽成煙。從今桃李無顔色，啼鳥聲聲叫杜鵑。

空山 一九四一年秋

天上雲連蔓草荒，蘆花白到水中央。空山秋後渾無夢，一片寒林綰夕陽。

銅盤

銅盤高共冷雲寒，回首咸陽杳靄間。秋草幾曾迷漢闕，酸風真欲射東關。擊殘欸乃漁人老，閱盡興亡白水閒。一榻青燈眠未穩，潮聲新打夜城還。

過什剎海偶占　一九四一年秋

一抹寒煙籠野塘，四圍垂柳帶斜陽。於今柳外西風滿，誰憶當年歌舞場。

晚秋偶占　一九四一年秋

少年何苦學忘機，不待人非己自非。老盡秋光無一事，坐看黄葉下階飛。

秋興

一九四一年秋

十載南冠客，金臺古易州。濁醪無可醉，雲樹只供愁。離亂那堪説，煙塵何日休。高樓一夕夢，風雨又驚秋。

短歌行

一九四一年秋

西風倒吹易水波，恍聞當日荆卿歌。白日竟下燕臺去，秋草欲没宫門駝。闔閭頭，伍胥眥，館娃宫殿今何似，五陵風雨自年年，莫問興亡千古事。我今醉舞影婆娑，短歌未盡意蹉跎，敲斷吟簪細問他，人生不死將如何，吁嗟乎，人生竟死將如何。

思君　一九四二年仍在淪陷中

倚遍闌干幾夕陽，愁懷暮景共蒼茫。思君怕過離亭路，春草年年減故芳。

楊柳枝八首　一九四二年春

裊娜長條近陌頭，閨中少婦怕登樓。試看一片青青色，不繫離人只繫愁。

蘇小家臨淺水濱，年年春色柳絲新。鶯穿燕剪渾無奈，願折長條贈遠人。

深掩朱門拂碧塘，織成金縷看鵝黃。館娃宮殿淒涼甚，縱有千條總斷腸。

怕聽黃鸝度好音，西宮南内柳如金。玄宗教得楊枝曲，吹向空城響易沉。

十里平蕪欲化煙，移根無復憶西川。而今大似瑯琊木，誰撫長條爲泫然。
最愛黄昏月上時，臨風閒裊碧毿枝。含煙帶雨常相憶，莫放楊花掠鬢絲。
新染麴塵碧似羅，籠煙織就舞裙多。魏王堤畔東風路，多少春痕付夢婆。
飛燕娉婷掌上腰，漢王寵幸舊曾邀。如何也向溪頭舞，一例東風拂板橋。

春日感懷

一九四二年春

往跡如煙覓已難，東風回首淚先彈。深陵高谷無窮感，滄海桑田一例看。世事何期如夢寐，人心原本似波瀾。衝霄豈有鯤鵬翼，悵望天池愧羽翰。

聞蟋蟀　一九四二年

月滿西樓霜滿天，故都搖落絶堪憐。煩君此日頻相警，一片商聲入四弦。

昨夜　一九四二年

別來塞草幾經秋，昨夜西風雁繞樓。萬里征帆孤枕上，夢隨明月到揚州。

歸雁　一九四二年

不逢青鳥書難寄，已過衡陽休再來。知否汀洲摇落後，沙明水淨只堪哀。

秋草　一九四二年

西風掃盡一年痕，迢遞王孫客夢昏。燒影已空悲去雁，澹煙猶鎖認歸魂。愁生塞北明妃冢，怨入江南黄葉村。解識榮枯千古事，忽驚飛鳥下荒原。

坐對

一九四二年

坐對黄花感不勝，蓬萊消息近難憑。浮雲出岫姿多變，孤月横空影倍澄。萬里風高歸白雁，三秋蟲語入青燈。蕭蕭寂處無人見，淡淡銀河轉玉繩。

寒蟬

一九四二年秋

憐君何事苦棲遲，又到羲和西向時。涼露已收霜欲下，長吟休傍最高枝。

冬柳

一九四二年

記得青溪新漲遲，楊花飛盡晚春時。誰憐十月隋堤道，剩把空枝兩岸垂。

晚歸

一九四二年

婆娑世界何方往，回首歸程滿落花。更上溪橋人不識，北風寒透破袈裟。

折窗前雪竹寄嘉富姊　一九四二年冬

人生相遇本偶然，聚散何殊萍與煙。憶昔遺我雙竿竹，與君皆在垂髫年。五度秋深緑陰滿，此竹常近人常遠。枝枝葉葉四時青，嚴霜不共芭蕉卷。昨夜西樓月不明，迷離瘦影似含情。三更夢破青燈在，忽聽琤琤迸雪聲。持燈起向窗前燭，一片凍雲白簇簇。折來三葉寄君前，證取冬心耐寒緑。

寒假讀詩偶得　一九四二年冬

每從沉著見空明，一片冰心澈底清。造極反多平易語，眼前景物世間情。

剪就輕羅未易縫，深宵獨對一燈紅。分明夢到蓬山路，尚隔蓬山幾萬重。

枉自

一九四二年冬

枉自濃陰聚，依然雪未成。風高雲轉斂，月黑夜偏明。迢遞江南夢，荒寒塞北情。嚴冬何寂寞，撫劍意縱横。

歲暮偶占

一九四二年

寫就新詞近歲除，半庭殘雪夜何如。青燈映壁人無寐，坐對參差滿架書。

除夕守歲

一九四二年

今宵又餞一年終，坐到更深火不紅。明日春來誰信得，紙窗寒透五更風。

不接父書已將半載深宵不寐百感叢集燈下泫然賦此　一九四二年

雛鳳應緣失母癡，天涯誰念最嬌兒。遥知今夜成都客，一樣青燈兩鬢絲。

六朝　一九四二年

莫對西風感六朝，江南秋草已全凋。只今惟有秦淮月，冷照孤城夜半潮。

瀟湘　一九四二年

怕唱瀟湘斑竹枝①，洞庭波起葉飛時。衡陽歸雁無消息，獨臥空堂月上遲。

注①：白居易有《斑竹枝曲》。

故都懷古十詠有序

一九四二年

幽燕之地，自昔稱雄。右擁太行，左環滄海。河濟繞其南，居庸障其北。内踞中原，外控朔漠。蓋蘇秦所謂天府百二之國，杜牧所謂王者不得不可爲王之地。是故歷代帝王多都於此，爲其草木山川，鬱葱佳麗，有霸王之資也。雖然，古今遞變，時異境遷。嘉瑩幼長是邦，十餘年間，足蹤所及，則徒見風勁沙飛，土磽水惡，黄塵古道，殿宇丘墟而已。間讀古史，又知燕趙古多悲歌之士，未嘗不慨然而興嘆也。近以青峰夫子命，至北京圖書館有所檢校，徘徊太液東側，偶一翹首，惟見故國青山，西風黄葉。感懷今古，情有不能已於言者，因剌取城郊勝跡爲《故都懷古十詠》。昔駱賓王在獄詠蟬，取代幽憂，瑩何人斯，固不敢比美前人，亦取其意聊用抒懷已爾。

瀛臺

臺影臨波幾歲經，秋來摇漾滿池萍。檻龍休問當年事，轉眼滄桑盡可驚。

太液池

御柳秋臨太液波，殘枝向盡尚婆娑。禁城此日淒涼甚，水到金鰲飲恨多。

文丞相祠

世變滄桑今古同，成仁取義仰孤忠。茫茫柴市風雲護，兩宋終收養士功。

于少保祠

丹心自誓矢孤忱，決策平戎衛紫宸。豈意功高翻見戮，至今風雨泣銅人。

頤和園

颯颯西風苑樹寒，頤和景物久闌珊。當年帝子今何在，父老相傳淚未乾。

三忠祠

兩代英靈聚一堂，中原共有恨茫茫。遺蹤指點歸何處，空見祠前蔓草荒。

蒯文通墳

廣渠近郭峙高丘，冷雨淒風幾度秋。莊語可教天子動，蒯生終不負韓侯。

將臺

往來猶見故臺基，貔虎英風渺莫追。當日翠華臨幸處，寒雲衰草半迷離。

黄金臺

蕭蕭易水自東來，督亢陂前半草萊。枉説黄金可招士，登臨徒使後人哀。

盧溝橋

黄樹青煙入遠郊，平川南北枕長橋。愁看一綫桑乾水，滚滚塵氛總未消。

早春雜詩四首

一九四三年春仍在淪陷中

驚心歲月逝如斯，餞盡流光暗自悲。故國遠成千里夢，雪窗空負十年期。眼前哀樂還須遣，身後是非那可知。録就駝庵詞一卷，案頭香盡已多時。

燼餘燈火不盈龕，手把楞嚴面壁參。廿載賞心同夢蝶，一生作計愧春蠶。文章自分無多望，
家事於今始半諳。莫怪東風人欲老，板橋垂柳已毿毿。

幾夜東風送歲除，庭前依約草青初。日光暖到能消雪，溪水生時隱見魚。屋老堆書堪自適，
階閒種竹不妨疏。吾生拙懶無多事，日展騷經讀卜居。

結習依然嗜苦吟，文章得失亦何心。茶能破睡人終倦，酒不消愁醉更斟。小閣棲遲留紫燕，
鳳城消息待青禽。花前一濺傷春淚，明日池塘滿緑陰。

故都春遊雜詠

一九四三年春

三月西堤柳半冥，一篙野水漲浮萍。長年不踏城郊土，不道西山爾許青。

停車愛看遠山嵐，一片天光映水藍。兩岸人家門半掩，板橋垂柳似江南。

園名諧趣意何如，曲檻鳴泉大可居。時聽微風一惆悵，落花飛下打紅魚。

海棠開謝幾回春，耶律祠臨緑水濱。欲問前朝興廢事，只今惟有燕泥新。

裂帛湖邊春草青，溪池橋畔水泠泠。空餘碧玉如環句，一代風流憶阮亭①。

玉泉山水舊知名，的的波光照眼明。不是青龍橋畔過，誰知泉水在山清。

靈雨祠前舊酒旗，江山猶是昔人非。剩有宫牆三數曲，晚來空送夕陽歸。

斜日依山樹影長，畏吾村畔柳千行。吟鞭東指家何處，十載春明等故鄉。

注①：王漁洋有「裂帛湖光碧玉環」之句。編按：參見王氏《裂帛湖雜詩六首》其一。

昨夜東風來

一九四三年春

昨夜東風來，緑遍池塘草。侵晨上高樓，極目天涯道。樓下臨碧波，枝頭多啼鳥。桃李正欣榮，鶼鳩鳴何早。芳草易飄零，春華不常好。奄忽西風至，憔悴誰能保。嘆彼世間人，蠻觸紛相擾。生寄矜察察，死歸不了了。大夢一朝覺，榮名何所寶。不逢赤松子，我亦緇塵老。

生涯

一九四三年

日月等雙箭，生涯未可知。甘爲夸父死，敢笑魯陽癡。眼底空花夢，天邊殘照詞。前溪有流水，説與定相思。

聆羡季師講唐宋詩有感

一九四三年春

寂寞如來度世心，幾回低首費沉吟。縱教百轉蓮花舌，空裏遊絲只自尋。

讀羨季師《載輦》詩有感

一九四三年春

宮殿槐安原是夢，歌殘玉樹總成塵。吟詩忽起銅駝恨，我亦金仙垂涕人。

我本談詩重義山，廋辭錦瑟解人難。神情洽醉醇醪裏，箋註難追釋道安。

初夏雜詠四絶

一九四三年夏

柳花吹盡更無綿，開到榆花滿地錢。一度春歸一惆悵，緑槐陰裏噪新蟬。

一庭榴火太披猖，布穀聲中艾葉長。初夏心情無可説，隔簾惟愛棗花香。

蘇黄李杜漫平章，組繡飛揚各擅場。誰識放翁詩法在，小樓聽雨夜焚香①。

四月垂楊老暮煙，更於何處覓啼鵑。空教夏意濃如許，荷葉青苔兩未圓。

注①：放翁《即事》詩曰：「組繡紛紛衒女工，詩家於此欲途窮。語君白日飛昇法，正在焚香聽雨中。」

夏至　一九四三年

冉冉青春移，亹亹朱夏至。新荷葉乍圓，筍竹生階次。衷懷良未更，所悲時序異。日暮懷遠人，彷徨渺吾思。回望碧雲合，西山杳蒼翠。晼晚白日頽，夕霞正流媚。盛年須及時，顔衰不復穉。願攜尊及罍，高歌謀一醉。爲善願勉旃，非爲榮名貴。達者識此機，酒中有深味。

擬採蓮曲　一九四三年夏

採蓮復採蓮，蓮葉何田田。鼓棹入湖去，微吟自叩舷。湖雲自舒卷，湖水自淪漣。相望不相即，相思雲漢間。

採蓮復採蓮，蓮花何旖旎。艷質易飄零，常恐秋風起。
採蓮復採蓮，蓮實盈筐筥。採之欲遺誰，所思雲鶴侶。
妾貌如蓮花，妾心如蓮子。持贈結郎心，莫教隨逝水。

夜來風雨作

一九四三年夏

風急天如怒，雲多月不昇。三更飄暗雨，百感集孤燈。舊夢都成幻，新生未可憑。隔窗檐溜響，疑有浪千層。

夜坐偶感　一九四三年秋

日落尚煜耀，月上倏蒼涼。流鶯啼未已，蟋蟀鳴空堂。白露瀉無聲，風入夜氣涼。人生徒有情，天意終無常。奄忽年命盡，便當歸北邙。事業誰能就，千古同一傷。感此不能言，四顧心茫茫。

秋宵聽雨二首　一九四三年秋

四壁吟蛩睡未成，簟紋初簇蚤涼生。隔簾一陣瀟瀟雨，灑作新秋第幾聲。

小院風多葉滿廊，沿階蟲語入空堂。十年往事秋宵夢，細雨青燈伴夜涼。

詠懷

一九四三年秋

高樹戰西風，秋雨檐前滴。蟋蟀鳴空庭，夜闌猶唧唧。空室闃無人，萱幃何寂寂。自母棄養去，
忽忽春秋易。出户如有遺，入室如有覓。斜月照西窗，景物非疇昔。空床竹影多，更深翻歷歷。
穉弟年尚幼，誰爲理衣食。我不善家事，塵生屋四壁。昨夜雁南飛，老父天涯隔。前日書再來，
開函淚沾臆。上書母氏諱，下祝一家吉。豈知同床人，已以土爲宅。他日縱歸來，淒涼非舊跡。
古稱蜀道難，父今頭應白。誰憐半百人，六載常做客。我枉爲人子，承歡慚繞膝。每欲凌虛飛，
恨少鯤鵬翼。蒼茫一四顧，遍地皆荊棘。夜夜夢江南，魂迷關塞黑。

登樓

一九四三年

晚日登高樓，極目眺夕暉。微風叢林杪，遠嶺暮煙霏。侘傺滋多感，徙倚自生悲。寒波澹易水，浮雲黯翠微。迴溪縈曲帶，平路多威夷。孤獸煢煢走，野鳥覓侶飛。春花落欲盡，綠葉密如幃。欲濟無河梁，欲息無釣磯。東山送明月，霜露沾人衣。斯宁不可處，悄然掩故扉。

園中杏花爲風雪所襲

一九四四年春仍在淪陷中

天涯草，生千里，紅杏一枝風雪裏。天涯草青人不歸，紅杏花殘隨逝水。花謝花開年不殊，秦宮漢闕今平蕪。試問五陵原上冢，冢中誰是當年吾。百歲光陰等朝夕，弔花休將淚沾臆。

洞庭木葉幾回飛，十二晚峰常歷歷。

題羨季師手寫詩稿册子

一九四四年夏

自得手佳編，吟誦忘朝夕。吾師重錘煉，辭句誠精密。想見醞釀時，經營非苟率。舊瓶入新酒，出語雄且傑。以此戰詩壇，何止黄陳敵。小楷更工妙，直與晉唐接。氣溢烏絲闌，卓犖見風骨。人向字中看，詩從心底出。淡宕風中蘭，清嚴雪中柏。揮灑既多姿，盤旋尤有力。小語近人情，端厚如彭澤。誨人亦諄諄，雖勞無倦色。弟子愧凡夫，三年面牆壁。仰此高山高，可瞻不可及。

摇落　一九四四年秋

高柳鳴蟬怨未休，倏驚摇落動新愁。雲凝墨色仍將雨，樹有商聲已是秋。三徑草荒元亮宅，十年身寄仲宣樓。征鴻歲歲無消息，腸斷江河日夜流。

晚秋雜詩五首　一九四四年秋

鴻雁飛來露已寒，長林揺落葉聲乾。事非可懺佛休佞，人到工愁酒不歡。好夢盡隨流水去，新詩惟與故人看。平生多少相思意，譜入秋絃只浪彈。

西風又入碧梧枝，如此生涯久不支。情緒已同秋索寞，錦書常與雁參差。心花開落誰能見，詩句吟成自費辭。睡起中宵牽繡幌，一庭霜月柳如絲。
深秋落葉滿荒城，四野蕭條不可聽。籬下寒花新有約，隴頭流水舊關情。驚濤難化心成石，
閉户真堪隱作名。收拾閒愁應未盡，坐調絃柱到三更。
年年樽酒負重陽，山水登臨敢自傷。斜日尚能憐敗草，高原真悔植空桑。風來盡掃梧桐葉，
燕去空餘玳瑁梁。金縷歌殘懶回首，不知身是在他鄉。
花飛無奈水西東，廊靜時聞葉轉風。涼月看從霜後白，金天喜有雁來紅。學禪未必堪投老，
爲賦何能抵送窮。二十年間惆悵事，半隨秋思入寒空。

附　顧隨先生和詩　晚秋雜詩六首用葉子嘉瑩韻

倚竹憑教兩袖寒，何須月照淚痕乾。碧雲西嶺非遲暮，黄菊東籬是古歡。淡掃嚴妝成自笑，臂弓腰箭與誰看。琵琶一曲荒江上，好是低眉信手彈。

巢葦鷦鷯借一枝，魚游沸釜已難支。欲將凡聖分迷悟，底事彭殤漫等差。辛苦半生終不悔，飢寒叔世更何辭。自嘲自許誰能會，攜婦將雛鬢有絲。

青山隱隱隔高城，一片秋聲起坐聽。寒雨初醒雞塞夢，西風又動玉關情。眼前哀樂非難遣，心底悲歡不可名。小鼎篆香煙直上，空堂無寐到深更。

舊殿嵯峨向夕陽，高槐落葉總堪傷。十年古市非生計，五畝荒村擬樹桑。故國魂飛隨斷雁，高樓燕去剩空梁。抱窮獨醒已成慣，不信消愁須醉鄉。

一片西飛一片東，蕭蕭落葉逐長風。樓前高柳傷心碧，天外殘陽稱意紅。陶令何曾爲酒困，步兵正好哭途窮。獨下荒庭良久立，青星點點嵌青空。
莫笑窮愁吟不休，詩人自古抱窮愁。車前塵起今何世，雁背霜高正九秋。放眼青山黃葉路，極天絶塞夕陽樓。少陵感喟真千古，我亦憑軒涕泗流。

一九四四年冬

羡季師和詩六章用《晚秋雜詩五首》及《搖落》一首韻辭意深美自愧無能奉酬無何既入深冬歲暮天寒載途風雪因再爲長句六章仍叠前韻

一盃薄酒動新寒，短笛吹殘淚未乾。樓外斜陽幾今昔，眼前風景足悲歡。生機半向愁中盡，往事都成夢裏看。此世知音太寥落，寶箏瑤瑟爲誰彈。

庭槐葉盡剩空枝，一入窮冬益不支。日落高樓天寂寞，寒生短榻夢參差。早更憂患詩難好，
每話艱辛酒不辭。昨日長堤風雪裏，兩行枯柳尚垂絲。
盡夜狂風撼大城，悲笳哀角不堪聽。晴明半日寒仍勁，燈火深宵夜有情。入世已拚愁似海，
逃禪不借隱爲名。伐茅蓋頂他年事，生計如斯總未更。
莫漫揮戈憶魯陽，孤城落日總堪傷。高丘望斷悲無女，滄海波澄好種桑。人去三春花似錦，
堂空十載燕巢梁。經秋不動思歸念，直把他鄉作故鄉。
滾滾長河水自東，歲闌動地起悲風。冢中熱血千年碧，爐内殘灰一夜紅。寂寞天寒宜酒病，
徘徊日暮竟途窮。誰憐冬夜無人賞，星影摇摇滿太空。
雪冷風狂正未休，嚴冬凜冽孰銷愁。難憑碧海迎新月，待折黄花送故秋。極浦雁聲驚失侣，
斜陽鴉影莫登樓。禪心天意誰能會，一任寒溪日夜流。

附　顧隨先生和詩　七言長句五章再用葉子嘉瑩《晚秋雜詩五首》韻

心波蕩潏碧溪寒，意緒焦枯朔雪乾。掃地焚香總無賴，當歌對酒愧清歡。大星自向天際墮，太白休登樓上看。此調明知少人識，朱絃一拂再三彈。

顛危正要借筇枝，一木難將大廈支。投宿群鴉影凌亂，歸飛雙雁羽參差。無多芳草美人意，有限黄絹幼婦辭。乞與法衣傳不得，南能一命記懸絲。

祇樹園居舍衛城，海潮音發大千聽。無生法忍衆生度，希有世尊同有情。物化神遊猶外道，菩提般若亦常名。一心朗朗明如月，陵谷滄桑任變更。

端陽一去過重陽，霰雪交飛益感傷。四海揚波淹日月，九州無地老耕桑。休誇漢代金張第，不羡盧家玳瑁梁。几案無塵茶飯好，十年前是白雲鄉。

當年相遇桂堂東，此際全非昨夜風。澹澹月痕眉樣子，摇摇窗影燭花紅。間關絶塞人空老，濩落生涯天所窮。喚起當筵龍象衆，神槌一擊碎虚空。

冬至日與在昭等後海踏雪作

一九四四年冬

北地朔風寒，衷懷常鬱結。喜逢至日晴，結伴踏積雪。四宇淨無塵，平原皓且潔。回首望西山，霽色撲眉睫。浮雲一流動，殘雪明復滅。近瞰鐘鼓樓，宏聲何年歇。城郭縱未非，人民已全易。我輩值亂離，感茲空嘆息。吁嗟乎銀錠橋頭車馬喧，觸戰蠻爭年復年，君不信此雪晶瑩不常保，歸來看取檐溜前。

歲暮雜詩三首

一九四四年冬

舉世勞勞誤到今，更從何處滌煩襟。海潮枉説如來法，錦瑟寧傳太古音。一片花飛妨好夢，十年事往負初心。人間遺杖知多少，不見天涯有鄧林。

清愁寂寞當清歡，參學空依六祖壇。道力未因人力長，詩情漸與歲情闌。案頭香燼心常懶，簾外風多酒易寒。説着向來哀樂事，等閒都似夢中看。

急管繁絃滿大都，飄零只合一身孤。江山有恨花仍發，天地無情眼欲枯。酒薄難尋歡意味，錦長空費繡工夫。早知雙鬢無堪惜，一任堂堂日月徂。

得鳳敏學姊書以詩代簡

一九四五年秋

大城成苦住，塵土日紛紜。得信無堪寄，當歌每憶君。樓高縈舊夢，天遠悵停雲。數盡歸鴉影，蒼茫立夕曛。

轉蓬

一九五〇年

一九四八年隨外子工作調動渡海遷臺。一九四九年冬長女生甫三月，外子即以思想問題被捕入獄。次年夏余所任教之彰化女中自校長以下教員六人又皆因思想問題被拘詢，余亦在其中。遂攜哺乳中未滿周歲之女同被拘留。其後余雖幸獲釋出，而友人咸勸余應辭去彰化女中之教職以防更有他變。時外子既仍在獄中，余已無家可歸。天地茫茫，竟不知謀生何往，因賦此詩。

轉蓬辭故土，離亂斷鄉根。已嘆身無託，翻驚禍有門。覆盆天莫問，落井世誰援。剩撫懷中女，深宵忍淚吞。

郊遊野柳偶成四絶

一九六二年臺北作

豈是人間夢覺遲，水痕沙漬盡堪思。分明海底當前見，變谷生桑信有之。

揮盃昔愛陶公飲，避地今耽海上雲。病多辭酒非辭醉，坐對煙波意自醺。

敢學青蓮笑孔丘，十年常夢入滄洲。頭巾何日隨風擲，散髮披簑一弄舟。

潮音似説菩提法，潮退空餘舊夢痕。自向空灘覓珠貝，一天海氣近黄昏。

海雲　一九六二年臺北作

眼底青山迥出群，天邊白浪雪紛紛。何當了卻人間事，從此餘生伴海雲。

讀《莊子·逍遥遊》偶成二絶　一九六四年臺北作

天池舊約誓來歸，六月息居短夢非。野馬塵埃吾不懼，雲鵬何日果南飛。

孤池絶海向雲開，欲待飛鵬竟不來。一自莊周寓言後，水天寥落只堪哀。

讀義山詩

一九六四年臺北作

信有姮娥偏耐冷，休從宋玉覓微辭。千年滄海遺珠淚，未許人箋錦瑟詩。

南溟

一九六四年臺北作

白雲家在南溟水，水逝雲飛負此心。攀藕人歸蓮已落，載歌船去夢無尋。難回銀漢垂天遠，空泣鮫珠向海沉。香篆能消燭易盡，殘灰冷淚怨何深。

一九六八年春張充和女士應趙如蘭女士之邀攜其及門高弟李卉來哈佛大學演出崑曲《思凡》、《遊園》二齣諸友人相繼有作因亦勉成一章

白雪歌聲美，黃冠舞態新。夢回燕市遠，鶯囀劍橋春。絃誦來身教，賓朋感意親。天涯聆古調，失喜見傳人。

一九六八年秋留别哈佛三首

又到人間落葉時，飄飄行色我何之。曰歸枉自悲鄉遠，命駕真當泣路歧。早是神州非故土，更留弱女向天涯。浮生可嘆浮家客，卻羨浮槎有定期。

天北天南有斷鴻，幾年常在别離中。已看林葉經霜老，卻怪殘陽似血紅。一任韶華隨逝水，空餘生事付雕蟲。將行漸近登高節，惆悵征蓬九月風。

臨分珍重主人心，酒美無多細細斟。案上好書能忘晷，窗前嘉樹任移陰。吝情忽共傷留去，論學曾同辨古今。試寫長謡抒别意，雲天東望海沉沉。

附一　吉川幸次郎（善之）和詩

庚戌十二月貞女島古典文學會議中作

世運奔波各異時，人間歌哭志安之。英靈河岳鴻篇鑄，流别文章家數歧。原始堪尋天雨血，談論好向水之涯。曹姑應有東征賦，我欲賞音鍾子期。
南來士女逐賓鴻，談吐繽紛西復中。洪浪接天都一碧，檐花經雨逾殷紅。測圭方識星朱鳥，浴海真成王倮蟲。群怨興觀評駁倦，危樓聊倚泖流風。
淵源詩品與文心，古井欲波容共斟。玉局和陶居海外，蘭亭修禊在山陰。詞人慧業堪終古，家法攀援可證今。溟渤光浮孤島曙，景情相遇足鈎沉。

附一　周策縱教授和作

一九七〇年十二月九日貞女島作

蕉葉留青不記時，偶來南國更何之。原文千載窮陶跡，論道三朝見路歧。淮雨別風生島趣，異花奇石滿天涯。蘭亭後會無前約，百代詞人儻可期。

邈邈予懷逐斷鴻，彝銘徵故每難中。俳優比興消愁緑，脂硯丹青品夢紅。稍別意言聞詠絮，細論沉鬱愧雕蟲。横流逸韻終非并，絶海蕭條魏晉風。

相逢白髮印文心，清濁剛柔與共斟。異地神交惟夏日，故家修竹擬山陰。摛辭引氣猶疑古，偏詣論詩已證今。江海相忘又明日，無端歌哭意深沉。

附三　顧毓琇教授和詩

和葉嘉瑩女士、周策縱教授、吉川幸次郎先生三律。

人間又到歲寒時，白雪紛飛且賞之。天際徒悲星散落，客蹤每苦路分歧。夢遊靈谷經盤谷，志在雲涯傍海涯。便欲乘槎回故土，神州消息尚無期。

離鄉萬里有征鴻，楓樹斜陽山色中。千嶺飛霜寒露白，三更滴淚蠟燈紅。無花春桂待秋桂，何意冬蟲問夏蟲。荏苒光陰逾廿載，雲天悵望玉關風。

出沒星辰豈有心，夕陽無語酒頻斟。蘭亭修禊流觴水，玉笛飛聲嘉樹陰。同好論文兼解字，難能博古復通今。聯吟仙島懷貞女，鬢影釵光夜色沉。

水雲謡

一九六八年旅居美國康橋，趙如蘭女士囑我爲其父趙元任先生所作之歌曲填寫歌辭，予素不解音律，而此曲早有熊佛西先生所寫之歌辭，因按照熊辭之格式試寫《水雲謡》一曲。

一　雲淡淡，水悠悠，兩難留。白雲飛過天上，緑水流過江頭。雲水一朝相識，人天從此多愁。

二　雲纏綿，水淪漣，雲影媚，水光妍。白雲投影在緑水的心頭，緑水寫夢在雲影的天邊。水忘懷了長逝的哀傷，雲忘懷了飄泊的孤單。

三　雲化雨，水成雲，白雲願歸向一溪水，流水願結成一朵雲。一任花開落，一任月晴陰，唯流水與白雲，生命永不分。

四　雲就是水，水就是雲，雲是水之子，水是雲之母。生命永相屬，形跡何乖分，水雲相隔夢中身。

五　白雲渺渺，流水茫茫，雲飛向何處，水流向何方。有誰知生命的同源，有誰解際遇的無常。

六　水雲同願，回到永不分的源頭，此情常在，此願難酬。水懷雲，雲念水，雲飛水長逝，人天長恨永無休。

附　熊佛西原辭

一　愛之泉，愛之源，願你流到天上，願你流到人間，願你流個永久，願你流個普遍。

二　詩之苗，詩人要，愛之苗，詩人要，願你生長在詩人的心裏，願你歌唱在詩人的心頭，願你頌盡人間的快樂，願你唱盡人間的煩惱。

三　愛之花，愛之果，願你不要像一朵花，願你不要像一顆果，鮮花容易謝，美果容易落，願你像個沙漠地的大駱駝。

四　詩就是愛，愛就是詩，詩是愛之泉，愛是詩之母，生命就是愛，愛就是生命，一對恩愛的情人。

五　我是愛神，你是詩人，我是愛之母，你是詩之父，咱們是生命的結晶，咱們是生命的結晶。

六　愛、詩、生命，三個分不開的和聲，應該擁抱，應該接吻，我是愛，你是詩，你我詩與愛，就是生命的靈魂。

詞稿

如夢令 一九四〇年

山似眉峰愁聚。水送春隨人去。一棹剪江行，多少緑楊迷路。何處。何處。不見桃源前渡。

醉公子

玉欄人獨倚。嘗遍清秋味。懶去畫蛾眉。妝成欲對誰。　暮霞斜照水。江上楓林醉。江水解相思。東流無盡時。

三字令

懷錦瑟，向誰彈。擲流年。千點淚，一聲絃。路茫茫，塵滾滾，是人間。　　擡首望，碧雲天。莫憑欄。秋易老，恨難言。月華明，更鼓盡，夢江南。

臨江仙

一九四〇年秋

一片凍雲天欲暮，長空敗葉蕭蕭。薊門煙雨白門潮。幾回月上，回首恨難消。　　莫向荒城尋故壘，秋來塞草全凋。北風吹響萬林梢。倚欄人去，雁影落寒郊。

浣溪沙

一九四一年春

屋脊模糊一角黄。晚晴天氣愛斜陽。低飛紫燕入雕梁。　翠袖單寒人倚竹，碧天沉静月窺牆。此時心緒最茫茫。

憶蘿月

送母殯歸來　一九四一年秋

蕭蕭木葉。秋野山重叠。愁苦最憐墳上月。惟照世人離别。　平沙一片茫茫。殘碑蔓草斜陽。解得人生真意，夜深清唄淒涼。

浣溪沙

一九四一年秋

忍向長空仔細看。秋星不似夏星繁。任教明滅有誰憐。詩思判同秋水瘦，此心寧共夜風寒。雁鴻飛盡莫憑欄。

明月棹孤舟

一九四一年秋

連日西風連夜雨。恁淒涼、幾時才住。孤雁單寒，秋雲淡薄，休向遠天凝佇。寂寞黃花都老去。是繁華、總歸塵土。小院低牆，霜階露砌，多少暗蛩低語。

浣溪沙

一九四一年冬

坐覺宵寒百感并。長街孤柝報初更。向人惟有一燈青。　豈是有生皆有恨，果然無福合無情。至今恩怨總難明。

菩薩蠻

母殁半年後作

傷春況值清明節。紙灰到處飛蝴蝶。楊柳正如絲。雨斜魂斷時。　人憐花命薄。人也如花落。墳草不關情。年年青又青。

荷葉盃

記得滿簾飛絮。春暮。争信有而今。半庭衰柳不成陰。黄葉没階深。　從此五更風月。愁絶。情緒幾人知。繁華縱有隔年期。憔悴已如斯。

南鄉子

柳帶斜陽。古城風起暮鴉翔。獨自歸來行又住。何處。南北東西塵滿路。

浣溪沙

一九四二年春

莫遣佳期更後期。人間桑海已全非。懷人腸斷玉谿詩。

杜宇聲悲春去早，落花風定燕歸遲。一簾微雨細於絲。

如夢令

殘柳　一九四二年秋

冷落清秋時節。枝上晚蟬聲咽。瘦影太伶仃，忍向寒塘自瞥。淒絶。淒絶。腸斷曉風殘月。

踏莎行

一九四二年秋

霜葉翻紅，遠山疊翠。暮霞影落秋江裏。漁舟釣艇不歸來，朦朧月上風將起。　鴻雁飛時，蘆花開未。故園消息憑誰寄。樓高莫更倚危欄，空城唯有寒潮至。

臨江仙

一九四二年

十八年來同逝水，詩書誤到而今。不成長嘯只低吟。枉生燕趙，慷慨志何存。　每對斜陽翻自嘆，空階立盡黄昏。秋來春去總消魂。茫茫人海，衣帽滿征塵。

浣溪沙四首

一九四三年春

送盡春歸人未歸。斜街長日柳花飛。舊歡新怨事全非。風緊已催紅蕊落，雨多偏覺緑陰肥。滿川芳草杜鵑啼。

歲歲東風塞北沙。離人真個不思家。任教新緑上窗紗。破屋檐低微見月，空階樹老不能花。敢言花月作生涯。

漠漠京華十丈塵。浮生常是感離群。眼前誰是意中人。新柳染成江岸緑，燕雛老盡畫梁春。等閒情事亦銷魂。

蠶簇初成四月天。紫藤開遍柳吹綿。一春情緒落花前。海燕來時人未老，王孫去後草如煙。忍將哀樂損華年。

浣溪沙

一九四三年春

記得南樓柳似金。隔簾依約見青禽。空花夢好酒盃深。　昨日偶尋黄葉路，西風老盡少年心。恁時爭信有而今。

臨江仙

題秀藴學姊紀念册　一九四三年春

開到藤花春色暮，庭前老盡垂楊。等閒離别易神傷。一盃相勸醉，淚濕縷金裳。　别後煙波何處是，酒醒無限思量。空留佳句詠天香。幾回尋往事，腸斷舊迴廊。

（秀藴有《詠天香庭院》詩曰：「天香緑竹幾千竿，昔日朱門今杏壇。繞遍迴廊尋往事，

斜陽猶在舊欄干。」一）

踏莎行

次羡季師韻　一九四三年春

草襲春堤，波摇春水。庭前凍柳眠難起。閒行花下問東風，可能吹暖人間世。　柝響更樓，鐘傳野寺。幾人解得浮生事。競將韶秀説春山，爭知山在斜陽裏。

踏莎行

用羨季師句試勉學其作風苦未能似　一九四三年春

燭短宵長，月明人悄。夢回何事縈懷抱。撇開煩惱即歡娱，世人偏道歡娱少。軟語叮嚀，階前細草。落梅花信今年早。耐他風雪耐他寒，縱寒已是春寒了。

鷓鴣天

廣濟寺聽法後作　一九四三年秋

一瓣心香萬卷經。茫茫塵夢幾時醒。前因未了非求福，風絮飄殘總化萍。時序晚，露華凝。秋蓮搖落果何成。人間是事堪惆悵，檐外風搖塔上鈴。

鷓鴣天

一九四三年秋

葉已驚霜別故枝。垂楊老去尚餘絲。一江秋水蘋開晚，幾片寒雲雁過遲。　愁意緒，酒禁持。萬方多難我何之。天高風急宜猿嘯，九月文章老杜詩。

臨江仙

聞羨季師譜聊齋連瑣事有感　一九四四年

記把聊齋燈下讀，少年情緒偏癡。生生死死繫人思。至今窗影下，彷彿鬼吟詩。　莫道十年如一夢，夢醒亦復如斯。北邙山下夜烏啼。才看青鳥至，又見濕螢飛。

臨江仙

連日不樂夜讀《秋明集》有作　一九四四年

早歲不知有恨，逢人艷説多情。而今真個悟人生。恨多情轉薄，春老燕飄零。　剩把虛窗邀月，一編好讀秋明。長街何處報更聲。夜燈應有意，故故向人青。

鷓鴣天

一九四四年春

生計何須費剪裁。當春猶是舊情懷。心同古井波難起，愁似輕陰鬱不開。　花謝去，燕歸來。一瓶春酒醉空齋。兩當詩句猶能記，會買白楊遍地栽。

南歌子 一九四四年夏

垂柳經時老，鳴蟬鎮日勞。緑窗掩夢儘無聊。一任榴花結實藕花嬌。

歲月蹉跎過，雄心取次消。隔簾風竹晚蕭蕭。樓外誰家橫笛弄清宵。

破陣子二首 詠榴花 一九四四年夏

誰道園林寂寞，榴花煞自紅肥。多少春芳零落盡，獨向驕陽吐艷輝。神情動欲飛。

一種濃妝最好，十分狂態相宜。好待秋成佳實熟，説與西風儘浪吹。飄零未可悲。

時序驚心流轉，榴花觸眼鮮明。芳意千重常似束，墜地依然未有聲。有誰知此生。

不厭

花姿穠艷，可憐人世凄清。但願枝頭紅不改，伴取筵前樽酒盈。年年歲歲情。

水龍吟

詠榴花用東坡詠楊花韻代友人作　一九四四年

日長寂寞園林，倚南窗夢魂飄墜。驀地驚心，榴花照眼，動人幽思。色艷如霞，情濃勝火，芳心深閉。點砌下蒼苔，絳英三五，時時被，風吹起。　常怨東君薄倖，向陽春、不教紅綴。宵來暴雨，朝來烈日，歡情零碎。開到飄零，無香有恨，願隨流水。鎮相看默默，無言只解，伴人垂淚。

臨江仙　一九四四年秋

處世原無好計，有生須耐淒涼。秋來天半露爲霜。一行征雁去，四野葉初黃。　萬物已悲揺落，菊花還作重陽。誰家薄倖不還鄉。賺人明鏡裏，和淚試嚴妝。

鷓鴣天二首　一九四四年秋

香印燒殘心字灰。蟬聲初斷雁聲悲。坐看白日愁依舊，小步秋林懶便回。　清夢遠，晚風微。戲拈螺黛點雙眉。階前種得黃花好，莫問秋情説向誰。

欲賦秋情儘費辭。秋情只在碧梧枝。枝頭新月如眉好，枝下寒蛩徹夜啼。　蛩不斷，月移西。

新寒襲遍舊羅衣。中宵獨下空庭立，幾點流螢繞樹飛。

南歌子

一九四四年秋

秋水連天瘦，征鴻取次稀。階前黃葉久成堆。猶自西風徹夜滿林吹。

酒薄愁偏重，燈闌夢未回。者般生計已全非。細數人天恩怨總堪疑。

醉太平

一九四四年秋

風涼露涼。花黄葉黄。一年容易重陽。總離人斷腸。　眉長鬢長。天長恨長。縱然憔悴何妨。苟余情信芳。

蝶戀花

一九四四年秋

重九中秋都過了。木葉蕭蕭，坐覺秋風嫋。欲上高樓看落照。平林荒野餘衰草。　一抹寒煙鴻雁渺。氣爽天高，北地秋光好。把酒勸君同一笑。莫教人被黄花惱。

菩薩蠻

一九四四年秋

平城夕照秋陽闊。滿林楓葉胭脂色。一霎鬥紅肥。明朝取次飛。　　相逢皆漠漠。世上人情薄。稽首拜觀音。多情乃佛心。

賀新郎

夜讀羨季師《稼軒詞説》感賦　一九四四年秋

此意誰能會。向西窗、夜燈挑盡，一編相對。時有神光來紙上，恍見上堂風致。應不愧、稼軒知己。愛極還將小語謔，儘霜毫、揮灑英雄淚。柏樹子，西來意。　　今宵明月應千里。照長江、一江白水，幾多興廢。無數青山遮不住，此水東流未已。想人世、古今同此。把卷空餘千載恨，更無心、瑣瑣論文字。寒漏盡，夜風起。

浣溪沙五首

用韋莊《浣花詞》韻　一九四四年冬時北平淪陷已七年之久

別後魂銷塞北天。十年塵滿舊金鈿。更無清夢到君前。　手把玉簫吹不斷，梧桐凋盡獨憑欄。碧雲樓外月初殘。

說到人生已自慵。更無塵夢不惺忪。昨宵星月桂堂風。　絃柱休彈金落索，錦囊深貯玉玲瓏。心花驗取舊時紅。

清夜雙眉入鬢斜。自攜燈影障紅紗。樓高誰識謝娘家。　斷夢初沉天際月，離情難寄嶺頭花。寒林珍重護朝霞。

重撥心灰字已殘。思君憑遍舊闌干。有情爭信錦盟寒。
尺素裁成無可寄，雙鴛織就與誰看。
惟將別淚祝平安。

杜宇黃鶯各自啼。一春腸斷魏王堤。緑楊芳草尚萋萋。
經歲王孫遊不返，隔鄰驕馬更能嘶。
空庭零落燕巢泥。

採桑子

一九四五年春

新春那有新情緒，依舊風沙。依舊天涯。依舊行人未有家。
閒中檢點閒哀樂，舊夢都差。
舊願仍賒。酒後清愁細細加。

破陣子

一九四五年春

理鬢薰衣活計，拈花鬥草心情。笑約同窗諸女伴，明日西郊試馬行。踏青鞋已成。　入夜預愁風雨，隔簾細數春星。莫怪新來無夢好，且喜風光到眼明。鏡中雙鬢青。

採桑子

一九四五年春

少年慣做空花夢，篆字香薰。心字香温。坐對輕煙寫夢痕。　而今夢也無從做，世界微塵。事業浮雲。飛盡楊花又一春。

破陣子

五月十五日與在昭學姊夜話時將近畢業之期

記向深宵夜話，長空皓月晶瑩。樹杪斜飛螢數點，水底時聞蛙數聲。塵心入夜明。　對酒已拚沉醉，看花直到飄零。便欲乘舟飄大海，肯爲浮名誤此生。知君同此情。

一九四五年六月二十八日乙酉五月十九日作

浣溪沙

一九五一年臺南作

一樹猩紅艷艷姿。鳳凰花發最高枝。驚心節序逝如斯。　中歲心情憂患後，南臺風物夏初時。昨宵明月動鄉思。

蝶戀花　一九五二年春臺南作

倚竹誰憐衫袖薄。鬥草尋春，芳事都閒卻。莫問新來哀與樂。眼前何事容斟酌。　雨重風多花易落。有限年華，無據年時約。待屏相思歸少作。背人剗地思量着。

菩薩蠻　一九六七年哈佛作

西風何處添蕭瑟。層樓影共孤雲白。樓外碧天高。秋深客夢遥。　天涯人欲老。暝色新來早。獨踏夕陽歸。滿街黃葉飛。

鷓鴣天

用友人韻　一九六七年哈佛作

寒入新霜夜夜華。艷添秋樹作春花。眼前節物如相識，夢裏鄉關路正賒。　從去國，倍思家。歸耕何地植桑麻。廿年我已飄零慣，如此生涯未有涯。

曲稿

小令

撥不斷

故人疏。故園蕪。秋來霜滿門前路。處世危如捋虎鬚。謀生拙似安蛇足。不如歸去。

寄生草

映危欄一片斜陽暮。繞長堤兩行垂柳疏。看長江浩浩流難住。對青山點點愁無數。問征鴻字字歸何處。俺則待滿天涯踏遍少年遊。向人間種棵相思樹。

落梅風

寒燈燼，玉漏歇。點長空亂星殘月。一天風送將冬至也。擁柴門半堆黃葉。

慶東原

笑王粲，嗤杜陵。登樓只解傷時命。空辜負良辰美景。空辜負花梢月影。空辜負扇底歌聲。悔生前不作及時遊，到死後聽盡空山磬。

紅繡鞋

項羽江東豪氣，淵明籬下生涯。長空明月笑人癡。一個是沉酣春酒甕，一個是自刎渡江時。想古今都似此。

叨叨令

説什麽逍遥快樂神仙界。有幾個能逃出貪瞋癡愛人生債。休只向功名事業爭成敗。盛似那秦皇漢武今何在。兀的不恨煞人也麽哥，兀的不恨煞人也麽哥，則不如化作一點輕塵飛向青天外。

水仙子

春來小院杏初花。雨過牆陰草努芽。看看綠滿荼蘼架。嘆光陰如過馬。説興亡燕入誰家。粉蝶爭春蕊，遊蜂鬧午衙。子規聲老盡年華。

朝天子

草鮮。柳妍。沿岸把東風占。一篙新綠碧於天。處處遊春宴。幾點飛花，一聲歸雁。到三秋落照邊。草乾。柳殘。穩畫出西風怨。

醉高歌

黄塵滾滾彌天。世事匆匆過眼。生離死别都經遍。剩燈下自把銀旛細剪。

塞鴻秋

功名未理磻溪釣。求仙未起燒丹竈。清風未學蘇門嘯。扁舟未放瀟湘棹。嘆紅塵總未消。問大夢誰先覺。但只見滾滾的輪蹄兒早碾破了長安道。

山坡羊　詠蟬

槐陰滿砌。榆錢鋪地。一聲蟬下勞人淚。送春歸。待秋回。五更霜重留無計。兩岸蘆花風乍起。嘶。猶未已。癡。誰似你。

折桂令

想人生恨最難消。柳爲誰青，花爲誰嬌。九月寒蟬，三春杜宇，一夢南朝。算只有長江不老。到天涯依舊滔滔。世事徒勞。易水西風，白下寒潮。

清江引

連宵夜霜飛上瓦。高柳蟬都罷。蛩傍短牆吟，雨趁西風下。小庭前滿階黄葉灑。

套數

般涉調耍孩兒

一九四三年癸未正月作

春光只許添惆悵。有好景也無心細賞。長堤辜負柳絲黄。但終朝把定壺觴。故家燕子歸何處，巷口烏衣幾夕陽。閒凝望。見了這春波瀲灩，猛回頭無限滄桑。

二煞　俺也曾誓雄心堅似鐵，拂吴鈎寒作芒。少年豪氣凌雲上。則道是壯懷不遂屠龍志，縱興應耽文酒狂。卻誰料皆空想。都只爲連朝風惡，不畫眉長。

一煞　見只見蜂蝶紛紛爭嫩蕊，聽只聽杜宇聲聲啼斷腸。春魂冉冉隨風蕩。今日個是踏青士女如雲聚，明日個我立馬西風數雁行。事事堪惆悵。説什麽吹簫擊筑，酒侶高陽。

尾聲　這紅塵豈樂鄉。人生原是謊。悔當初不把相思葬。空餘着這一縷愁根也隨着人年歲兒長。

大石調六國朝

聽樓頭叫殘歸雁，看階前老盡黄花。憔悴本來真，繁華都是假。渾不聞深夜雨滴檐牙。但只見清朝霜鋪萬瓦。更加着滿地的西風禾黍，一池的秋水蒹葭。繞樹亂鴉飛，遍山黄葉灑。

歸塞北　天欲暮，處處起悲笳。人世幾回傷往事，茅屋一角染明霞。荒徑似陶家。

么篇　柴門外，車馬任喧嘩。學劍我原輸項羽，駐顏何處有丹砂。事事鏡中花。

雁過南樓煞　這日月是窗前過馬。夢猶賒更鼓三撾。算人生一任教天公耍。我和你非呆即傻。從今後莫嗟呀。隨便他蠻觸紛紛幾時罷。

正宫端正好

二十初度自述

才見海棠開，又早榴花綻。春和夏取次推遷。一輪白日無人挽。消磨盡千古英雄漢。

滚繡球　想人生能幾年。夭和壽一任天。尚兀自多求多戀。便做個追日死夸父誰憐。也不癡。也不顛。爭信這人生是幻。長日的有夢無眠。怕的是此身未死心先死，一事無成兩鬢斑。有幾個是情願心甘。

倘秀才　十九年把世情諳遍。回首處滄桑無限。悔則悔全無個縱酒高歌憶少年。忒平淡。忒辛酸。把韶華都做了尋常過遣。

叨叨令　我願只願慈親此日依然健。我願只願天涯老父能相見。我願只願風霜不改朱顏面。我願只願家家户户皆歡忭。試問這願忒賒些也麽哥，試問這願忒賒些也麽哥，不然時可怎生件件皆虛幻。

尾煞　這底是人生何事由人算。可知我已過今年更幾年。常言道無情歲月增中減。怎説道花有重開月再圓。昨日個是長堤楊柳摇金綫。今日個是柳老青荷取次圓。明日個柳枯荷敗光陰變。天邊吹起南飛雁。北風吹雪下平原。那時節才把天地真吾現。似這般塵世何堪戀。身後生前。一例茫然。且趁着淚尚未乾。鬢尚未斑。好把這離合悲歡快交點。

仙呂點絳唇

春老花殘。酒闌人散。似這些都休怨。你不見那滿空的落葉翩翻。早則是韶光變。

混江龍 西風無限。人生多少恨難言。漫贏得頭上烏絲成白髮，空懸着腰間寶劍長青斑。秋老怕題紅葉字，春深懶看緑楊煙。到頭來一聲長嘆。年華是東流不返。世事如皓月難圓。

寄生草 空將這愁緒託殘簡。相思寫斷箋。晚秋天。倚危樓數盡南來雁。早春時，把同心結在垂楊綫。粉牆邊。有淚痕灑上桃花片。縱教那人間萬象盡虛空，則我但有這情心一點終留戀。

上馬嬌煞 盞盞酒，仰頭乾。一回沉醉一頹然。壯懷消盡當初願。欲待問青天。空贏得淚如泉。

仙呂賞花時

春遊

岸草初生剪剪齊。乳燕學飛故故低。波初漲，柳初稊。遠山乍翠，青似女兒眉。

幺篇　十里夭桃著錦衣。一陣東風蕩酒旗。何處杜鵑啼。向離人耳底。頻道不如歸。

賺煞　這壁廂柳爭妍，那壁廂花呈媚。一處處蜂嬌蝶喜。似此韶光詎可違。泛輕舟遊遍前溪。杖青藜踏遍長堤。醉惹楊花滿袖歸。說什麽流觴曲水，蘭亭修禊。且將這一盃殘酒奠向板橋西。

中呂粉蝶兒

一九四四年秋作於北平淪陷區中

酒病禁持。自秋來更無情思。噪西風怕聽那斷續蟬嘶。空階下，短籬旁，豆花凝紫。這一番惆悵芳時。更不減送春歸綠陰青子。

醉春風 憔悴又經年，勞生空一指。想人間萬事總參差。世情薄似紙。紙。冬夏炎涼，春秋冷暖，數年來早悟徹了風禪詮次。

紅繡鞋 掩柴門靜如蕭寺。剔銀鐙細寫秋辭。說什麼佳花好月少年時。可知那月圓無幾日。花落剩空枝。自古來有情人多半是懷恨死。

十二月 長相思寫不上蠻箋一紙。别離愁渾難繫垂柳千絲。則被這金風勁攧斷得秋蓮香減，雲霧重耽擱了鴻雁來遲。這的是天心若此。更說甚人意難知。

堯民歌 誰承望稼軒豪氣草堂詩。使這些生事家人我已久不支。況值着連年烽火亂離時。那裏討爛醉金尊酒一卮。嗟也波咨。清狂渾似癡。落拓成何事。

耍孩兒 常拚着一年蘭芷思公子。誰曉得直恁的河清難俟。經幾度寒林衰草日斜時。則那行吟澤畔的心事誰知。論情懷，我對着這三更燈火倒似有千秋意，論事業，則怕只是贏得一榻空花兩鬢絲。他年事，暢好是茫茫未卜，枉嗟嘆些逝者如斯。

一煞　則被那東風挑菜天，秋宵聽雨時。兩般兒銷減盡英雄志。試問您那讀書學劍終何用，到頭來斷梗飄蓬也只得任所之。天時人事何堪恃。好光陰斷送與烏飛兔走，短生涯銷磨在帽影鞭絲。

尾聲　才過了清明端午繁華日。又早近重九人間落葉時。看嚴霜一夜生階次。欲無愁，則除是去訪那得道深山的赤松子。

越調鬥鵪鶉

一九四八年旅居南京親友時有書來問以近況譜此寄之

高柳蟬嘶，新荷艷逞。苔印橫階，槐陰滿庭。光陰是兔走烏飛，生涯似飄蓬斷梗。未清明辭別了燕京。過端陽羈留在秣陵。哪裏也塞北風沙，早則是江南夢醒。

紫花兒序　一般淒冷。淮水波明。薊樹雲凝。風塵南北，哀樂零星。人生。説法向何方覺有情。把往事從頭記省。恰便似夢去難留，花落無聲。

小桃紅　有多少故人書至尚關情。慚愧我生計無佳勝。休猜做口脂眉黛打扮得時妝靚。鎮常是把門扃。聽隔牆叫賣枇杷杏。賦長閒寂寞營生。新水土陰晴多病。哪裏取踏青拾翠的舊心情。

禿廝兒　更休問江南美景。誰曾見王氣金陵。空餘下劫後長堤楊柳青。對落照，逞娉婷。輕盈。

聖藥王　爭敗贏。論廢興。可嘆那六朝風物盡飄零。更誰把玉樹新詞唱後庭。胭脂冷舊井。剩年年鍾山雲黯舊英靈。更夜夜月明潮打石頭城。

麻郎兒　説什麼秦淮酒醒。畫舫簫聲。但只見塵污不整。破敗凋零。

么篇　近新來更有人把銀元業營。遍街頭一片價音響丁丁。尋不見白石陂陶公故壘，空餘下朱雀橋花草虚名。

東原樂　這壁廂高樓聳，那壁廂園菜青。錯落高低恰正好相輝映。小巷内雨過泥濘不可行。好教人廝傒倖。休想做聽流鶯在柳堤花徑。

綿搭絮　俺也曾遊訪過禪林靈谷，拜謁了總理園陵。斜陽有恨，山色無情。白雲靄靄，煙樹冥冥。大古來人世淒涼少四星。山寺鐘鳴蔓草青。更休賦飲恨吞聲。向哪裹護風雲尋舊靈。

幺篇　烏衣巷曲折狹隘，夫子廟雜亂喧騰。故家何處，燕子飄零。霎時榮辱，旦夕陰晴。當日個六代繁華震耳名。都成了夢幻南柯轉眼醒。現而今腐草無螢。休譏笑陳後主後庭花，可知道下場頭須自省。

拙魯速　我家住在絨莊街，巷口有小橋橫。點著盞洋油燈。强説是夜窗明。這幾日黄梅雨晴。衣履上新霉緑生。清曉醒來時也没有賣花聲。則聽見刷啦啦馬桶齊鳴。近黄昏有賣江米酒的用小碗兒分盛。炙糕擔在門前將人立等。我買油醬則轉過左邊到南捕廳。

尾聲　索居寂寞無佳興。休笑這言詞兒蕪雜不整。説什麽花開時三春覓句柳絲長，可知我月明中一枕思鄉夢魂冷。

南仙呂入雙調步步嬌

九日未得與登高之會次盧冀野先生韻　一九四八年十月

籬豆花開秋容老，風日重陽好。雁飛殘暑消。翠黛迎人，胭脂點蓼。相勸客登高。怯單寒我不耐風吹帽。

江兒水　閉户銷白日，填詞自解嘲。鎖梧桐一角閒庭小。叫長空三五征鴻少。掩寒窗幾葉芭蕉好。負佳節非關性矯。多病停盃，爭敢比杜陵潦倒。

清江引　一揮彩毫成賦早，只我無詩料。索和感春風，俚句慚清詔。待明朝親呈冀師求印可。

雙調新水令

懷故鄉——北平　一九五三年臺灣作

故都北望海天遥。有夜夜夢魂飛繞。稷園花塢暖，太液柳絲嬌。玉蝀金鰲。念何日能重到。

駐馬聽　想古城春暖冰消，紅杏朱藤著雨嬌。秋高日好。青天碧瓦倩誰描。中南三海玉闌橋。東西如砥長安道。舊遊情未了。向天涯譜一曲懷鄉調。

得勝令　説什麽蓴羹鱸鱠季鷹豪。登樓作賦仲宣勞。故里人情厚，華年美夢嬌。逍遥。昆明湖上春波棹。苗條。後海堤邊楊柳腰。

喬牌令　到今日相思魂夢遥。往事雲煙渺。想人情同於懷土休相笑。我則待理殘箋將風光仔細描。

甜水令　常記得春來時，積雪初消。垂楊緑軟，杏花紅小。梨白海棠嬌。出城郊西直大道。踏青遊草妒春袍。

折桂令 常記得夏來時，日初長布穀聲高。庭槐蔭滿，榆莢錢飄。火綻榴花，翠擎荷蓋，果熟櫻桃。什刹海鮮嘗菱角。五龍亭嬉試蘭橈。最好是月到中宵。風過林梢。看多少葉影田田，舟影摇摇。

錦上花 常記得秋來時，剪燭吟詩助相思紗窗雨哨。登樓望遠暢胸襟四野風飄。赤棗子點綴着閒庭情調。黄花兒逞現着籬下風標。涼宵螢火稀，水夜銀河悄。香山楓葉艷，北海老荷凋。寫不盡氣爽天高。古城秋好。鴛瓦上白露凝霜，雁影邊纖雲弄巧。

碧玉簫 常記得冬來時，瑞雪飄飄。白滿門前道。寒夜蕭蕭。風號萬木梢。喜圍爐共看紅煤爆。半空兒手内剝。晴明日，看碧天外鳶影風摇。冰場上刀光寒照。愛古城玉琢銀裝，好一幅莊嚴貌。

鴛鴦煞 常記得故鄉當日風光好。怎甘心故鄉人向他鄉老。思量起往事如潮。念故人阻隔着萬水千山，望天涯空嗟嘆信乖音渺。説什麼南浦畔春波碧草。但記得離别日淚痕多，須信我還鄉時歸去早。

二集

詩稿

異國　一九六九年秋

異國霜紅又滿枝，飄零今更甚年時。初心已負原難白，獨木危傾強自支。忍吏爲家甘受辱，寄人非故剩堪悲。行前一卜言真驗，留向天涯哭水湄①。

注①：來加拿大之前，有臺灣友人爲戲卜流年，卜詞有「時地未明時，佳人水邊哭」之言，初未之信，而抵加後之處境竟與之巧合，故末二句云云。

鵬飛　一九七〇年春

鵬飛誰與話雲程，失所今悲匍地行。北海南溟俱往事，一枝聊此託餘生。

父殁　一九七一年春

老父天涯殁，餘生海外懸。更無根可託，空有淚如泉。昆弟今雖在，鄉書遠莫傳。植碑芳草碧，何日是歸年。

庭前煙樹爲雪所壓持竿擊去樹上積雪以救折枝口占絶句二首

一竿擊碎萬瓊瑤，色相何當似此消。便覺禪機來樹底，任它拂面雪霜飄。

年時嘉蔭豈能忘，爲救折枝鬥雪霜。賸六儻存悲憫意，好留餘幹莫凋傷。

夢中得句雜用義山詩足成絶句三首

其一

換朱成碧餘芳盡，變海爲田夙願休。總把春山掃眉黛，雨中寥落月中愁①。

其二

波遠難通望海潮，硃紅空護守宮嬌。伶倫吹裂孤生竹，埋骨成灰恨未銷②。

其三

一春夢雨常飄瓦，萬古貞魂倚暮霞。昨夜西池涼露滿③，獨陪明月看荷花。

注①：「春山」句，見義山詩《代贈二首》；「雨中」句，見《端居》。

注②：「伶倫」句，見義山詩《鈞天》；「埋骨」句，見《和韓録事送宮人入道》，原句爲「埋骨成灰恨未休」，因押韻故，易「休」爲「銷」。

注③：「一春」句，見義山詩《重過聖女祠》；「萬古」句，見《青陵臺》；「昨夜」句，見《昨夜》。

感事二首

長繩難繫天邊日，堪笑葵花作計癡。拚向朱明開爛漫，掉頭羲御竟何之。

抱柱尾生緣守信，碎琴俞氏感知音。古今似此無多子，天下憑誰付此心。

髮留過長剪而短之又病其零亂不整因梳爲髻或見而訝之戲賦此詩

前日如尾長，昨日如雲亂。今日髻高梳，三日三改變。遊戲在人間，裝束如演爨。豈意相識人，見我多驚嘆。本真在一心，外此皆虛玩。佛相三十二，一一無非幻。若向幻中尋，相逢徒覿面。

歐遊紀事八律作於途中火車上

一九七一年

其一

匆匆七日小居停，東道殷勤感盛情。尼院爲家林蔭廣，王朝如夢寺基平①。舉盃頻勸葡萄釀，把卷深談阮步兵。我是窮途勞倦客，偶從遊旅慰浮生。

其二

繁華容易逐春空，今古東西本自同。路易斯王前狩苑，拿破崙帝舊雄風。惟瞻殿飾餘金碧，剩見噴泉弄彩虹。欲問豐功向何處，一尊雕像夕陽中②。

其三

何期四世聚天涯，高會梅林感復嗟。廿載師生情未改，七旬父執鬢微華。相逢各話前塵遠，離別還悲後會賒。贈我新詩懷往事，故都察院舊兒家③。

其四

穉夢難尋四十年，相逢海外亦奇緣。因聆舊話思童侶，更味鄉廚憶古燕。往事真如春水逝，客身同是異邦懸。滄桑多少言難盡，會見孫兒到膝前④。

其五

論繪談詩博奥殫，驅車終日看山巒。雨中湖水迷千里，地底鐘岩幻百觀。生事羡君書卷裏，村居示我畫圖間。主人款客多風雅，一曲鳴琴著意彈⑤。

其六

頹垣如血自殷紅，羅馬王城落照中。一片奔車塵漠漠，數行斷柱影憧憧。千年古史殷誰鑒，百世文明變未窮。處處鐘聲僧院老，耶穌十架竟何功⑥。

其七

偶來龐貝故城墟，里巷依稀殘燼餘。幾矗斷楹前代寺，半椽空宇昔人居。驚看體骨都成石，縱有瓶罍儲亦虚。一霎劫災人世改，徒令千載客唏嘘⑦。

其八

行行歐旅近終途，瑞士湖山入畫圖。藍夢波光經雨後，緑森巒靄弄晴初⑧。早知客寄非長策，歸去何方有故廬。獨上遊船泛煙水，坐看鷗影起菰蒲。

注①：旅遊巴黎寓居侯思孟（Donald Holzman）教授之所，其地原爲法王路易第九誕生之古堡，後改建爲教堂，旁爲修女院。今教堂已夷爲平地，遍植果木，修女院則分别爲人所賃居，侯氏所居即爲舊日修女院之一部。

注②：凡爾賽宫。

注③：在巴黎蒙臺灣大學及淡江學院諸校友邀宴於中國餐館梅林，座中得遇父執盛成老伯。四十年前盛老伯曾寓居於故都察院胡同嘉瑩舊家之南舍，時嘉瑩不過垂髫之齡耳，而座中之羅鍾皖女士，於二十年前從我受業時亦不過一垂髫女童而已，今日相見則已結婚有女數歲矣。盛老伯即席贈我五言律詩一首。緬懷舊事，感慨何似。

注④：在德國博洪（Bochum）寓居張禄澤女士之處，偶話舊事，始悉我在北平篤志小學讀書時，有高我三班之高文靈學長曾對我愛護備至者，蓋張女士之同級學友也。張女士善烹調，兩日來得飽嘗故都口味。其女於去歲結婚，不日將有弄孫之喜矣。

注⑤：在博洪張女士處得遇霍福民（Alfred Hoffmann）教授曾驅車載我同遊博洪附近之鐘乳石岩洞及科隆之藝術館等地。臨行前一晚並爲我奏歐洲古琴一曲，風雅好客，盛情可感。

注⑥：羅馬。

注⑦：龐貝。

注⑧：瑞士之藍夢湖（Lac Léman）及緑森（Lucerne）等地。

秋日絶句六首

一九七一年秋

樊城景物四時妍①，又到楓紅九月天。一夕西風寒雨過，起看白雪滿山巔。

一年兩度好花開，狗木俗名遍地栽②。曾共春櫻爭豔冶，更先黄菊報秋來。

隔鄰嘉樹不知名，朱實匀圓結子成。好鳥時來啄復落，閒階點綴自多情。

煙樹初紅菊正黄，小庭花木競秋妝。風霜見慣渾閒事，垂老安家到異方。

誰家蘆葦兩三枝，摇曳門前别樣姿。記得陶然亭畔路，秋光不似故園時。

幾番霖雨到秋深，落葉飄黄已滿林。試上層樓望蕭瑟，海天遼闊見高岑。

注①：李祁教授詩稱温哥華爲樊城，愛其古雅，因沿用之。

注②：狗木爲 Dogwood 之意譯。

春日絶句四首 一九七二年春

幾日晴和雪便銷，已知花信定非遥。樊城地氣應偏暖，歷盡嚴冬草未凋。

似洗嵐光到眼明，偶從廣海眺新晴。微風不動平波遠，時聽鷗鳴一兩聲。

滿街桃李綻紅霞，百卉迎春競作花。冰雪劫餘生意在，喜看煙樹茁新芽。

似雪繁花又滿枝，故園春好正堪思。斜暉凝恨他鄉老，愁誦當年韋相詞。

許詩英先生挽詩①

海風蕭瑟海氣昏，海上客居斷客魂，日日高樓看落照，山南山北白雲屯。故國音書渺天末，

平生師友煙波隔，忽驚噩耗信難真，報道中宵梁木坼。先生心疾遽不起，叔重絶學今長已，
白日猶曾上講堂，一夕悲風黯桃李。我識先生在古燕，卅年往事去如煙，當時丫角不更事，
辜負家居近講筵。先生憐才偏不棄，每向人前多奬異，徼倖題名入上庠，揄揚深愧先生意。
世變悠悠幾翻覆，滄海生桑陵變谷，成家育女到海隅，碌碌衣食早廢讀。何期重得見先生，
卻話前塵百感并，萬劫蟫癡空戀字，三春花落總無成。舊居猶記城西宅，書聲曾動南鄰客，
小時了了未必佳，老大傷悲空嘆息。先生不忍任飄蓬，便爾招邀入辟雍，有慚南郭濫竽吹，
勉同諸子共雕蟲。十五年來陪杖履，深仰先生德業美，目疾講著未少休，愛士推賢人莫比。
鯉庭家學有心傳，浙水宗風一脈延，遍植蘭花開九畹，及門何止士三千。問字車來踵相接，
記得當年堂上别，謂言後會定非遥，便即歸來重展謁。浮家去國已三秋，天外雲山只聚愁，
我本欲歸歸未得，鄉心空付水東流。年前老父天涯歿，蘭死桐枯根斷折，更從海上哭先生，
故都殘夢憑誰說。欲覓童真不可尋，死生親故負恩深，未能執紼悲何極，更憶鄉關感不禁。

前日寄書問身後，聞有諸生陪阿母，人言師弟父子如，況是先生德愛厚。小雪節催馬帳寒，朔風隔海亦悲酸，夢魂便欲還鄉去，腸斷關山行路難。

注①：許詩英先生爲許壽裳先生之公子，曾在臺灣各大學教授文字聲韻學等課。

壬子冬月廿七日於加拿大之温哥華

祖國行長歌

此詩爲一九七四年第一次返國探親旅遊時之所作。當時曾由旅行社安排赴各地參觀，見聞所及，皆令人興奮不已。及今思之，其所介紹，雖不免因當時政治背景而或有不盡真實之處，但就本人而言，則詩中所寫皆爲當日自己之真情實感。近有友人擬將此詩重新發表，時代既已改變，因特作此簡短之説明如上。

卅年離家幾萬里，思鄉情在無時已，一朝天外賦歸來，眼流涕淚心狂喜。銀翼穿雲認舊京，
遥看燈火動鄉情，長街多少經遊地，此日重回白髮生。家人乍見啼還笑，相對蒼顔憶年少，
登車牽擁邀還家，指點都城誇新貌。天安門外廣場開，諸館新建高崔嵬，道旁遍植緑蔭樹，
無復當日飛黄埃。西單西去吾家在，門巷依稀猶未改，空悲歲月逝駸駸，半世蓬飄向江海。
入門坐我舊時床，骨肉重聚燈燭光，莫疑此景還如夢，今夕真知返故鄉。夜深細把前塵憶，
回首當年涙沾臆，猶記慈親棄養時，是歲我年方十七，長弟十五幼九齡，老父成都斷消息，
鶺鴒失恃緊相依，八載艱難陷强敵，所賴伯父伯母慈，撫我三人各成立。一經遠嫁賦離分，
故園從此隔音塵；天翻地覆歌慷慨，重睹家人感倍親。兩弟夫妻四教師，侄男侄女多英姿，
喜見吾家佳子弟，輝光彷彿生庭墀。大侄勞動稱模範，二侄先進增生産，阿權侄女曾下鄉，
各具豪情笑生臉。小雪最幼甫七齡，入學今爲紅小兵；雙垂辮髮燈前立，一領紅巾入眼明。

所悲老父天涯歿，未得還鄉享此兒孫樂，更悲伯父伯母未見我歸來，逝者難回空淚落。床頭猶是舊西窗，記得兒時明月光，客子光陰彈指過，飄零身世九迴腸。家人問我別來事，話到艱辛自酸鼻，憶昔婚後甫經年，夫婿突遭囹圄繫。臺海當年興獄烈，覆盆多少冤難雪，可憐獨泣向深宵，懷中幼女才三月。苦心獨力强支撑，閱盡炎涼世上情，三載夫還雖命在，刑餘幽憤總難平。我依教學謀升斗，終日焦唇復瘏口，强笑誰知忍淚悲，縱博虛名亦何有。歲月驚心十五秋，難言心事苦羈留，偶因異國書來聘，便爾移家海外浮。自欣視野從今展，祖國書刊恣意覽，欣見中華果自强，闢地開天功不淺。試寄家書有報章，難禁遊子喜如狂，縈心卅載還鄉夢，此際終能夙願償。歸來故里多親友，探望殷勤情意厚，美味爭調飫遠人，更伴恣遊共攜手。陶然亭畔泛輕舟，昆明湖上柳條柔，公園北海故宮景色俱無恙，更有美術館中工農作品足風流。郊區廠屋如櫛比，處處新猷風景異，蔽野葱蘢黍稷多，公社良田美無際。長城高處接浮雲，定陵墓殿鬱輪囷，千年帝制興亡史，從此人民做主人。幾日遊觀渾忘倦，

乘車更至昔陽縣，爭說紅旗天下傳，耳聞何似如今見。車站初逢宋立英，布衣草笠笑相迎，
風霜滿面心如火，勞動人民具典型。昔日荒村窮大寨，七溝八梁惟石塊，經時不雨雨成災，
饑饉流亡年復代。一從解放喜翻身，永貴英雄出姓陳，老少同心奪勝利，始知成敗本由人①。
三冬苦戰狼窩掌，鑿石鋤冰拓田廣，百折難回志竟成，虎頭山畔歌聲響②。於今瘠土變良疇，
歲歲增糧大有秋，運送頻聞纜車疾，渡漕新建到山頭。山間更復植蔬果，桃李初熟紅顆顆，
幼兒園内笑聲多，個個顏如花綻朵。革命須將路綫分，不因今富忘前貧，只今教育溝中地，
留與青年憶苦辛。我行所恨程期急，片羽觀光足珍惜，萬千訪客豈徒來，定有精神蒙洗滌。
重返京城暑漸消，涼風起處覺秋高，家人小聚終須別，遊子空悲去路遥。長弟多病最傷離，
臨行不忍送登機，叮嚀惟把歸期問，相慰歸期定有期。握别親朋屢執手，已去都門更回首，
憑窗下望好山河，時見梯田在陵阜。飛行一霎抵延安，舊居初仰鳳凰山，土窑籌策艱難日，
想見成功不等閒。南泥灣内群巒碧，戰士當年闢荊棘，拓成陝北好江南，彌望秧田不知極③。

白首英雄劉寶齋，鋤荒往事話蒿萊，遍山榛莽無人跡，畦徑全憑手自開④。叢林爲幕地爲床，
一把钁頭一桿槍，自向山旁鑿窑洞，自割藤草自編筐。日日勞動仍學習，樺皮爲紙炭爲筆，
寒冬將至苦無衣，更剪羊毛學紡織。所欣秋獲已登場，土豆南瓜野菜香，生産當年能自給，
再耕來歲有餘糧。更生自力精神偉，三五九旅聲名美，從來憂患可興邦，不忘學習繼前軌。
平疇展緑到關中，城市西安有古風，周秦前漢隋唐地，未改河山氣象雄。遺址來瞻半坡館，
兩水之間臨灞滻，石陶留器六千年，緬想先民文化遠⑤。驪山故事説明皇，昔日温泉屬帝王，
咫尺榮枯悲杜老，終看鼙鼓動漁陽⑥。宫殿華清今更麗，闢建都爲療養地，憶從事變起風雲，
山間猶有危亭記。倉促行程不可留，復經上海下杭州，凌晨一瞥春申市，黄浦江邊憶舊遊。
跑馬前廳改醫院，行乞街頭不復見，列强租界早收回，工廠如林皆自建。市民處處做晨操，
可見更新覺悟高，改盡奢靡當日習，百年國恥一時消。滬杭綫上車行速，風景江南看不足，
採蓮人在畫圖中，菜花黄嫩桑麻緑。從來西子擅佳名，初睹湖山意已傾，兩岸山鬟如染黛，

一奩煙水弄陰晴。快意波心乘小艇，更坐山亭瀹芳茗，靈鷲飛來仰翠峰，花港觀魚愛紅影。
匆匆一日小登臨，動我尋山幽興深，行程一夕忙排定，便去杭州赴桂林。桂林群山拔地起，
怪石奇巖世無比，遊神方在碧虛間，盤旋忽入驪宮底。滴乳千年幻百觀，瑤臺瓊樹舞龍鸞，
此中渾忘人間世，出洞方驚日影殘。掛席明朝向陽朔，百里舟行真足樂，灕江一水曳柔藍，
兩岸青山削碧玉。捕魚灘上設魚梁，種竹江干翠影長，藝果山間垂柹柚，此鄉生計好風光。
盡日遊觀難盡興，無奈斜陽已西暝，題詩珍重約重來，祝取斯盟終必證。歸途小住五羊城，
破曉來參烈士陵，更訪農民講習所，燎原難忘火星星。流花越秀花如綺，海珠橋下珠江水，
可惜遊子難久留，辜負名城嶺南美。去國仍隨九萬風，客身依舊似飄蓬，所欣長夜艱辛後，
終睹東方旭影紅。祖國新生廿五年，比似兒童甫及肩，已看頭角崢嶸出，更祝前程穩著鞭。
腐儒自誤而今愧，漸覺新來觀點異，茲遊更使見聞開，從此癡愚發聾聵。早經憂患久飄零，
餬口天涯百愧生，雕蟲文字真何用，聊賦長歌紀此行。

注①：陳永貴幼年曾以討飯爲生，七歲即開始爲地主扛小長工。一九四五年大寨解放，次年春組織互助組。當時一般富裕中農由於自私心理不願與貧農合作，遂自組爲好漢組。陳氏則領導十户貧農，組成老少組，其中除陳氏一人爲壯年勞動力外，其他九户多爲五十歲以上之老漢或十二歲至十六歲之少年，故名爲老少組，與好漢組展開競賽。好漢組雖在農具、牲畜、土地、勞動力各方面均佔優勢，然終以各懷私心，工作落後。至於老少組，則雖在物質工具方面有所不足，然而卻終以齊心合作、思想正確，不僅戰勝好漢組，且能於本組工作完成後，更發揮互助精神以餘力協助好漢組共同耕作。是年秋收後，老少組畝產平均達一百六十九斤，較單幹户多產六十斤以上，較好漢組亦多產四十斤以上。此一事實足可説明思想正確、集體合作，在促進農業發展方面之重要性。

注②：大寨原爲一貧苦之山村，共有七條山溝，皆遍佈沙石，絶無耕地，至於八道山梁，則雖有部分耕地，然而皆零星散亂，懸佈於一面山坡之上，且皆爲跑水、跑土、跑肥之三跑田，或旱或雨，皆可成災。新中國成立後，首戰白駝溝，鑿石壘壩，於十八天内築成二十四條石壩，造出五畝溝地。其後又曾先後治理後底溝、念草溝、小北峪溝、麻黄溝等，開出大片人造田。一九五五年乃決定向該地最大最長之狼窩掌溝進軍。此溝其長三里有餘，寬逾四丈，山高坡陡，每逢雨季，山洪爆發，水勢極大。是年冬，大寨社員經三個月之努力，終於築成三十八條石壩，造出二十餘畝人造田。然而於次年雨季來臨時，竟不幸全部沖毀。其年冬季，又重新治理此溝；次年雨季，不幸又毀。於是遂有人灰心失望，以爲此溝決不可治。然而經過社員熱烈爭辯討論後，終於對此一鬥爭產生必勝之信心，又結合前二次失敗之經驗，從中取得教訓，將石壩改築爲拱形，減少水流直接沖擊之壓力，遂於是年冬再築成三十八道拱形大壩，終以人力戰勝自然，迄今仍巍然屹立於風雨之中。虎頭山爲當地山名。

注③：南泥灣在延安東南，爲衆山環抱中之一片盆地。一九四〇年，延安遭受經濟封鎖，當時由旅長王震所率領之三五九旅部隊，遂受令召回，保衛延安，並從事開荒墾地，自力更生。當時全旅共一萬三千人，在南泥灣開出荒地二十六萬畝之多，有陝北江南之稱。

注④：劉寶齋原爲三五九旅第七一九團副連長，曾親自參加開荒工作，詩中所記皆其口述之實況。

注⑤：半坡在西安郊外滻水、渭水之間。一九五三年在此地修路，發現人骨及陶器。次年由中科院考古研究所加以有系統之發掘整理。一九五八年開放爲博物館。全址共約十五萬平方米，已發掘者約一萬平方米，分爲製陶區、墓葬區及居住區三區。據研究判斷，此地當爲距今五千五百年至六千年間之原始氏族公社遺址，所發掘之各種陶器、石器、骨器等，另闢專館陳列，保管良好，解説詳明。

注⑥：杜甫《自京赴奉先縣詠懷》詩，於描述其途經驪山時，曾寫有「朱門酒肉臭，路有凍死骨。榮枯咫尺異，惆悵難再述」之句，表現出當時帝王貴族歌舞宴樂，人民饑寒凍餒之强烈對比，終致安祿山變起漁陽。白居易《長恨歌》一詩，亦有「漁陽鼙鼓動地來，驚破霓裳羽衣曲」之句。

一九七六年三月廿四日長女言言與婿永廷以車禍同時罹難日日哭之陸續成詩十首

噩耗驚心午夜聞，呼天腸斷信難真。何期小别纔三日，竟爾人天兩地分。

慘事前知恨未能，從來休咎最難明。只今一事餘深悔，未使相隨到費城。

哭母髫年滿戰塵，哭爺剩作轉蓬身。誰知百劫餘生日，更哭明珠掌上珍。

萬盼千期一旦空，殷勤撫養付飄風。回思襁褓懷中日，二十七年一夢中。

早經憂患偏憐女，垂老欣看婿似兒。何意人天劫變起，狂風吹折並頭枝。

結褵猶未經三載，忍見雙飛比翼亡。檢點嫁衣隨火葬，阿娘空有淚千行。

重泉不返兒魂遠，百悔難償母恨深。多少劬勞無可説，一朝長往負初心。

歷劫還家淚滿衣，春光依舊事全非。門前又見櫻花發，可信吾兒竟不歸。

平生幾度有顔開，風雨逼人一世來。遲暮天公仍罰我，不令歡笑但餘哀。

從來天壤有深悲，滿腹酸辛説向誰。痛哭吾兒躬自悼，一生勞瘁竟何爲。

天壤

逝盡韶華不可尋，空餘天壤藴悲深。投爐鐵鑄終生錯，食蓼蟲悲一世心。蕭艾欺蘭偏共命，鴟鴞貪鼠嚇鵷禽。回頭三十年間事，腸斷哀絃感不禁。

大慶油田行

一九七七年

今年四月底，回國探親，正值全國工業學大慶代表在京開會。每見報章所載有關大慶之報導，不免心懷嚮往，因要求一至大慶參觀。其後於六月中得償此願，在大慶共留三日，曾先後參觀鐵人紀念館、女子鑽井隊、女子採油隊、創業莊、縫補廠、薩爾圖倉庫、喇嘛甸聯合站、大慶化工廠及鐵人學校等地，對大慶艱苦創業之精神，深懷感動，因寫爲長歌一首以紀其事。惟是在大慶之所見聞，皆爲古典詩中所未曾前有之事物，作者雖有意爲融新入古之嘗試，然而力不從心，固未能表達大慶之精神及個人之感動於十百分之一也。

松花江北嫩江東，草原如海迷蒼穹，空有寶藏藴萬古，老大中華危且窮。强鄰昔日相侵略，國土如瓜任人割，專政軍閥只自肥，棄民棄地同毫末。一從日月換新天，江山重繪畫圖妍，奮發八億人民力，共闢神州啟富源。當時誓把油田建，海北天南來會戰，荒原冰雪聚雄師，朔風凜冽紅旗艷。總爲國貧創業艱，吊車不足運輸難，全憑兩手雙肩力，共舉鑽機重似山。井架巍巍向天起，急欲開鑽難覓水，以盆端取遞相傳，終送鑽頭入地底，屹立鑽臺隊長誰，玉門油工王進喜。臨危搶險氣凌雲，博得英名號鐵人，鑽桿傷腿不離井，身拌泥漿壓井噴。革命雄懷拚性命①，草原果見原油迸，國慶十年肇此田，遂錫嘉名名大慶。從兹祖國展新猷，一洗貧油往日羞，工業有油方起步，油工血汗足千秋。學習兩論將家起，何懼黑風同惡詆，眼明心亮志彌堅，戰鬥精神拚到底。屢蒙總理最關心，三度親曾大慶臨，指示城鄉相結合，工農齊進是南針②。我來一十八年後，喜訊欣傳除四醜，抓綱治國共爭先，大慶標杆工業首。油田廣闊望無邊，大道平直欲接天，遠景遥空紅日美，採油樹共彩霞妍。鐵人雖逝英風在，虎榜名多誇後輩③，巾幗不肯讓鬚眉，採油鑽井同豪邁。上井能將刹把扶，行文下筆掃千夫，打靶更看頻命中，女郎似此古今無。不需粉黛同羅綺，鋁盔一頂英姿美，時寫新詩譜作歌，豪情伴取歌聲起④。油工眷屬亦多强，衆口爭誇薛桂芳，鐵鍬五把開荒地，建起今朝創業莊。莊内居民近千户，遍地農田兼菜圃，長街餅熟正飄香，幼兒園内方歌舞，昔年鹽碱一荒灘，此日真成安樂土⑤。不因安樂忘貧窮，勤儉長留大慶風，廢物回收能利用，舊衣拆洗更重縫，半絲寸縷皆珍惜，一針一扣無輕棄。布條彈出更生棉，碎革拼爲皮護膝，設廠牛棚歷苦辛，此日欣看多業績⑥。後勤前綫緊相連，倉庫原爲供應源，每項料材過萬件，管材容易點材難。

自是工人多智慧，攻堅克難全無畏，五五規格創製新，四號明標分定位。大方套小方，大五套小五，或狀似梅花，或形如圓柱，一目瞭然記在心，管庫人成活賬簿⑦。崗位專司各練兵，四嚴三老記分明，聯合站内增生產，日日輸油入上京⑧。油龍天矯奔飛急，茫茫平野真無極，忽看偉築入雲高，大化煙囪林海立。處處車間軋軋音，來觀真似入山陰，所慚我不知科學，落筆難描感自深。今富昔貧成對比，築屋難忘乾打壘，苦幹精神代代傳，鐵人辦學留功偉。幼苗當日手親栽，課室猶存舊土臺。接棒有人基業永，校名千古仰崔嵬。吁嗟乎創業艱辛業竟成，飛鵬從此展雲程，中華舉國興工業，大慶紅旗是典型。

注①：鐵人當日曾有「寧可少活二十年，拚命也要拿下大油田」之雄懷壯語。黑龍江人民出版社印有《爲革命艱苦奮鬥一輩子》一書，署名王進喜，全以鐵人自己之口氣，敘述大慶創業之經過，熱誠真摯，感人至深。

注②：周總理曾三度至大慶視察，指示要把大慶建設爲「工農結合，城鄉結合，有利生産，方便生活」的社會主義新型礦區。

注③：大慶之英雄人物，可謂指不勝屈。其尤著者，如：學習鐵人的帶頭人屈清華、鋼鐵鑽工吴全清、繼承鐵人精神的好隊長高金穎、硬骨頭石油戰士王武臣、採油鐵姑娘徐淑英、一心爲公的好幹部李景榮、烈火煉紅心的好青年蔣成龍、發揚五把鐵鍬精神的帶頭人李長榮等，每人都各有其感人之事蹟，詩中未及備敘。

注④：女子鑽井隊及採油隊之隊員，不僅每人皆能任鑽井採油之工作，而且皆爲射擊水平優秀之基幹民兵，其所寫之新詩，亦復大有可觀。更經常於晚間演出自己創作之新節目，平均每二週有新歌一首。

注⑤：創業莊之中心村，現有耕地三千五百畝，除發展種菜、養豬、養鷄及畜牧等副業外，對居民之各種生活福利亦極爲重視，村内設有衛生所、紅醫站、及中小學與託兒所等共十所以上。街面開設有各種店舖，作者曾在當地書店購買新出版之《魯迅日記》二册，並曾在當地糕餅店中嚐試新出爐之各種糕點。

注⑥：大慶自鐵人當年組織回收隊以來，一直保持「勤儉節約、修舊利廢」之精神。縫補廠開始時以二牛棚爲廠房，以餵牛槽爲洗衣盆，現在有廠房五所、機器設備一百五十餘臺。十餘年來爲國家節約金錢，在數百萬元人民幣以上。

注⑦：「五五」爲倉庫保管材料之規格，以每五件爲一單位，其排列之形狀或如梅花形，或爲圓柱形；「四號」指庫號、架號、層號、座號，據此以定物品之位置，條理分明，絶無混亂。倉庫中每一管理員對於自己所負責之各項材料，莫不瞭如指掌，有蒙古族少女名齊莉莉者可以用布巾緊蒙雙目，徑至架上取得各項指定之材料，並説明其品類、價值、現存數量等各項數據，屢試不誤，有活賬本之稱。蓋以大慶接近中蘇邊界，故平日加强管理訓練以備非常也。

注⑧：「四嚴」指對待革命工作要有嚴格的要求、嚴密的組織、嚴肅的態度、嚴明的紀律；「三老」指對待革命事業要當老實人，説老實話，辦老實事。聯合站共分：原油外輸、油田注水、原油脱水、污水處理、天然氣脱水、外輸計量、變電所鍋爐、化驗室及自動儀表等十個生產單元。僅此一聯合站每日原油外輸即有一萬五千噸之多，可經秦皇島輸送至北京。

旅遊開封紀事一首

一九七七年夏

録呈當地書法家武慕姚、龐白虹、張本遜、韓偉業諸先生吟正。

遊子還舊邦，行程過古汴。魏宋渺千年，人間市朝變。覽物閲滄桑，登臨渾忘倦。驅車向龍亭，遺址宋宮殿。國弱終南遷，繁華如夢幻。空有石獅存，方墩土中陷。更瞻鐵塔高，玲瓏入霄漢。琉璃佛像磚，曾遭敵寇彈。兵火劫灰餘，今日皆完繕。父老爲客言，此城舊多難。人禍與天災，旱澇兼爭戰。河道高於城，水決城中灌。居民不聊生，黄沙撲人面。自從解放來，百廢俱興建。新設工廠多，品類千餘件。試種水稻田，計畝七八萬。古蹟得保存，文化亦璀璨。名刹相國寺，展覽未曾斷。我來值盛會，書法集群彦。邂逅贈墨寶，疾書便伏案。落紙舞龍蛇，煙雲生浩汗。八旬矍鑠翁，隸體尤精擅。鐵畫與銀鉤，意氣何遒健。誦我長歌行，謬蒙多賞贊。更欲索新詩，愧無珠玉獻。吟此俚句呈，聊以博一粲。

西安紀遊絶句十二首

一九七七年夏

詩中見慣古長安，萬里來遊鄠杜間。彌望川原似相識，千年國土錦江山①。

天涯常感少陵詩，北斗京華有夢思。今日我來真自喜，還鄉值此中興時②。

灞水橋邊楊柳存，陽關舊曲斷離魂。於今四海同聲氣，早是春風過玉門③。

興慶湖中泛碧波，沉香亭畔牡丹多。人民自建名園好，帝子興亡付夢婆④。

已掃群魔淨惡氛，放懷堂上論詩文。話到南山與秋色，高風想見杜司勳⑤。

直登古塔上慈恩，千載題名幾姓存。漢祖唐宗俱往事，憑欄指點樂遊原⑥。

江山彩筆倩誰描，李杜文章世已遥。喜見農民圖畫美，風流人物在今朝。

春鋤一幅興沉酣，作者貧農李鳳蘭。欲問翻身今昔事，繪來家史付君看⑦。

一中韋曲近樊川，工廠農田校舍邊。小坐堂前聽講課，教師用古有新詮⑧。

陝北歌傳金匾名，新詞三叠表深情。百身難贖斯人歿，一曲臺邊掩淚聽⑨。

遼鶴歸來客子身，半生飄轉似微塵。卻經此地偏多戀，古縣人情分外親⑩。

難駐遊程似箭催，每於别後首重回。好題詩句留盟證，更約他年我再來。

注①：在西安旅遊期間，曾至户縣（即古之鄠縣）參觀農民畫，並至長安縣參觀韋曲一中，故詩中有「鄠杜間」及「古長安」之語。深感透過悠久之歷史，對祖國之情感乃更覺深厚，故云「千年國土」也。

注②：作者過去在國外曾講授杜甫詩，每講至其《秋興八首》之「每依北斗望京華」一句時，則不勝哀感，以爲重歸祖國不知當在何日。今兹乃不僅能歸國探親，且能至各地遊覽參觀，其欣喜自可想見。「中興時」指正當粉碎「四人幫」不久之後。「中」字讀第四聲。

注③：昔王維《渭城曲》有「客舍青青柳色新」及「西出陽關無故人」之句；王之涣《出塞曲》亦有「羌笛何須怨楊柳，春風不度玉門關」之句，陽關及玉門皆古關塞名，其地當在今日甘肅省之敦煌附近。灞橋爲古來折柳送别之地。參觀時車過灞水橋上，兩岸仍有垂柳無數；然而古所謂陽關、玉門之地，則自一九四九年以來，在工業、農業及交通各方面，皆有極大之發展及建設，早已無復往古之邊遠荒涼矣。

注④：興慶公園修建於一九五八年，動員人工十七萬，用一百二十天修建完成。公園爲唐代興慶宫故址，所建人工湖有一百五十畝之廣。作者與家人來此泛舟時，正值假日，湖面遊船無數，岸上有沉香亭及花萼相輝樓等建築，雖仍沿用唐代宫殿舊名，以紀念並保留古代史蹟，然而，實皆爲人民共同賞樂遊憩之地，與封建時代成古今强烈之對比。「夢婆」之故事，見於宋趙令時之《侯鯖録》，蓋喻言富貴之不久長，猶如夢幻也。

注⑤：參觀西北大學時，得晤古典文學教授傅庚生先生，承示以《痛悼周恩來總理》七律二首，有「二豎膏肓難達藥，四凶毒焰竟銷金。羣魔未斬身先逝，長使人民淚滿襟」之句，故首句云然。又承允在課室旁聽，當日傅教授講評杜牧詩《長安秋望》一首，有「南山與秋色，氣勢兩相高」之句，傅教授以爲杜牧剛直有氣節，其詩之風骨遠在元微之、白樂天之上，與之深有同感。然杜牧詩亦有旖旎香艷並無深意者，當分别觀之。杜牧曾任司勳員外郎，故人又稱之爲杜司勳。

注⑥：慈恩寺建於唐太宗貞觀二十二年，時高宗李治爲太子，爲報其母文德皇后爲之祈福而建，故名慈恩。塔則建於高宗繼位後之永徽三年，爲沙門玄奘所立。據云玄奘赴印度取經時，曾在印度見一石塔，下座爲雁形。此塔擬仿之而未果，然人仍以雁塔稱之，唐時進士及第後往往來此題名，故有雁塔題名之語。登塔遠望，可遥見漢唐諸陵，及樂遊原之土阜。封建時代之帝王將相，固早已長逝不返，惟土地與人民存國家於萬世耳。

注⑦：參觀户縣農民畫時，曾與當地之農民女畫家李鳳蘭相談甚久。據云當地作畫風氣之興起，蓋始於一九五八年「大躍進」之時，當日圖繪壁畫及宣傳畫甚多，迄今將近二十年之久，總結共同之經驗體會，曾編有韻語四句云：「學習講話方向明（按：所指爲延安文藝座談會之講話），勤於實踐下苦工，不靠天才和靈感，紅心彩筆繪工農。」近來自打倒「四人幫」後，羣衆情緒昂揚，曾陸續繪出新畫三百餘套之多。李鳳蘭出身貧農，現爲西韓大隊黨支部副書記，又擔任婦女務棉組長，工作雖忙，而堅持作畫，有佳作多幅，其中《春鋤》一幅筆致鮮活，尤爲出色。大隊美術組之畫室牆壁上，張貼有新中國成立前各貧農苦難之家史連續畫多套，觀覽之下，感人至深。

注⑧：參觀韋曲一中時，教育處長羅國良先生曾爲作者介紹學校概況。據云此校開辦於一九四一年，爲全縣僅有之初中，學生大約二百餘人，全爲有錢人家之子弟。自新中國成立後不斷發展，一九五三年已擴建爲一所完全之中學。

現有二十二個教學班，員工八十二人，學生一千一百多人，圖書五萬三千餘册，物理、化學及生物三實驗室共有儀器三十餘件。此外校辦工廠有六個車間，可以製造飼料打漿機、脫粒機、壓麵機及維修小型農械。又有校辦小農場三十四畝，種植小麥、玉米等作物，並培育優良品種，以加强學生學習及實踐之經驗。「四人幫」時代學校教學曾一度受到干擾，然而目前已建立起必要之規章制度，務期能培養出又紅又專之青年人才，爲建設貢獻出力量。作者當日除參觀圖書館、實驗室、工廠及農場外，並曾旁聽高中二年級某班之語文教學，教師所講授者，爲選自袁枚《子不語》中，題爲「豁達先生」之一篇講義，敘述一女鬼欲以一迷、二遮、三嚇之手段，迫害豁達先生，然而終被豁達先生所制服之故事。教師之講解深入淺出，借古喻今，極爲生動。小女言慧以爲此一節課爲歸國以來所參觀之各級學校教學中之最爲成功者，可惜當時參觀匆促未及詢問教師之姓名，然由其教學之成功，亦可見無論教材之爲古爲今、爲正爲反，只要有深入之了解及正確之批判，則無不可爲吾人所選用者，「四人幫」時代之教條限制，不過自暴其知識之淺薄及野心之邪惡而已。

注⑨：《綉金匾》爲舊日陝北民歌，曾受「四人幫」嚴重迫害之女歌唱家郭蘭英，於打倒「四人幫」之後，在演唱此一舊曲時曾增添三節自作之歌詞，其最後一節對總理之歌唱，聲調尤爲激越，每唱至此，歌者、伴奏者及聽衆，回憶總理爲國家人民鞠躬盡瘁之辛勞，及「四人幫」對總理之迫害，多不免同時潸然落淚。在西安曾兩度聆聽此曲，無論爲何地何人之演唱，仍往往能使人感動泣下。

注⑩：「遼鶴」句用丁令威之故事，相傳丁令威離家學道多年，其後曾化鶴歸來，不勝今昔之感，事見《搜神後記》，作者亦曾去國多年，故首句云然。在國外之交往，多屬表面酬應，極難有真正思想情意之溝通，因此對西安及附近各縣樸質親切之中國人情，不免深爲感動。「微塵」句，用陶淵明詩「人生無根蒂，飄如陌上塵」之句。

返加後兩月，接武慕姚先生惠寄手書拙著長歌，並辱題詩，賦此奉和

一九七七年十月

雙絶詩書好，開緘意自傾。天涯感知賞，長憶汴梁城。

附　武慕姚先生原作

別後詩重把，銜杯屢自傾。讀君珠玉句，花雨滿春城。

向晚二首

一九七八年春

近日頗有歸國之想，傍晚於林中散步，成此二絶。

向晚幽林獨自尋，枝頭落日隱餘金。漸看飛鳥歸巢盡，誰與安排去住心。
花飛早識春難駐，夢破從無跡可尋。漫向天涯悲老大，餘生何處惜餘陰。

再吟二絶①

卻話當年感不禁，曾悲萬馬一時瘖。如今齊向春郊騁，我亦深懷並轡心。
海外空能懷故國，人間何處有知音。他年若遂還鄉願，驥老猶存萬里心。

注①：寫成前二詩後不久，偶接國内友人來信，提及今日教育界之情勢大好，讀之極感振奮，因用前二詩韻吟此二絶。

絶句三首　一九七九年春

五年三度賦還鄉，依舊歸來喜欲狂。榆葉梅紅楊柳緑，今番好是值春光。

古城認取舊遊痕，花下徘徊感客魂。風雨流年三十載，樹猶如此我何言。

登臨重上翠微巔，一塔遥天認玉泉。都是兒時舊遊地，人間不返是華年。

喜得重謁周祖謨師

絶學賴傳尊宿老，佳篇人共仰詩翁。我是門前舊桃李，當年曾喜沐春風。

卅年桑海人間變，欣見靈光魯殿存。顧我荒疏真自愧，幾時更許立程門。

遊圓明園絶句四首

惆悵前朝跡已荒，空餘石柱立殘陽。百年幾輩英雄出，力挽東流變海桑。

莫向昆池問劫灰，眼前華屋剩丘萊。暮雲飛鳥空堂址，可有遊魂化鶴來。

九州清晏想昇平，高觀遺基號遠瀛。不爲蒼生謀社稷，壽山福海總虚名。

新知舊雨伴遊蹤①，弔古三來廢苑中②。斜日朝暉明月下，一般鄉國此情濃。

注①：新知舊雨謂國内之陳貽焮、史樹青二位教授，及北美之梁恩佐、劉元珠二位教授。

注②：第一次是與陳貽焮、袁行霈、費正剛同遊，第二次是與史樹青等多位國家歷史博物館工作人員同遊，第三次是與劉元珠、梁恩佐夜遊圓明園。

觀劇　一九七九年

欲遣巫陽賦大招，冤魂不返恨難銷。紙錢臺上飛揚處，如見空中血淚飄。

贈友人趙瑞蕻、陳得芝先生絶句三首　一九七九年

未曾覿面已書來，高誼佳文眼頓開。青草池塘誇謝句，軒轅妙解釋靈臺。

石城小聚太匆匆，後約相期雁蕩中。已去猶蒙珍籍贈，開緘感愧滿深衷。

我耽詞曲君研史，共仰學人王靜安。魚藻軒前留恨水，斯人斯世總堪嘆。

贈故都師友絶句十二首

八旬夫子喜身强，一曲彈詞興最長。更詠當年神武句，高風追想大師黄。（陸穎明師）

親摹墨影丁都賽，更贈佳聯太白詩。博學同門精考古，曾傳四海姓名知。（史樹青學長）

同輩多才數二閻，高歌未見鬢華添。手書律句新詩好，兩美欣看此日兼。（閻振益、閻貴森二學長）

從來傳法似傳薪，作育良師賴有人。卅載前塵如昨日，先鞭君早出群倫。（郭預衡學長）

回首光陰似水東，飲酣猶有氣如虹。當筵一曲秋聲賦，瀟灑情懷想醉翁。

（曹桓武學長）

歸來一事有深悲，重謁吾師此願違。手跡珍藏蒙割贈，中郎有女勝鬚眉。

（顧之惠學姊、顧之京學妹）

曲中折柳故園情，喜聽歌喉似舊清。更譜新聲翻水調，相思千里月華明。

（房鳳敏學姊）

戲傳謬譽增吾愧，誰有捷才似子多。記得芸窗朝夕共，陳侯消息近如何。

（程忠海學姊）

幾回風雨憶聯床，卅載思君天一方。縱改鬢華心未改，平生知己此情長。

（劉在昭學姊）

左家嬌女本書癡，江海歸來鬢有絲。此日故人重聚首，共驚疏放異前時。

讀書曾值亂離年，學寫新詞比興先。歷盡艱辛愁句在，老來思詠中興篇。

構廈多材豈待論，誰知散木有鄉根。書生報國成何計，難忘詩騷李杜魂。

天津紀事絶句二十四首

一九七九年

津沽劫後總堪憐，客子初來三月天。喜見枝頭春已到，頹垣缺處好花妍。

狂塵微浥雨初晴，偶向長街信步行。卻誤大沽成大鼓，鄉音乍聽未分明。

欲把高標擬古松，幾經冰雪與霜風。平生不改堅貞意，步履猶强未是翁。

話到當年語有神，未名結社憶前塵。白頭不盡滄桑感，臺海雲天想故人。

（以上二首贈李霽野先生）

餘勇猶存世屢更，江山百代育豪英。笑談六十年前事，五四旗邊一小兵。

（贈朱維之先生）

襟懷伉爽本無儔，爲我安排百事周。還向稗官尋治亂，雄風臺上話曹劉。（贈魯德才先生）

絶代風華中晚唐，義山長吉細平章。月明珠淚南山雨，解會詩心此意長。（贈郝世峰先生）

風謡樂府源流遠，蘭芷騷辭比興深。贈我一言消客感，神州處處有知音。（贈楊成福先生）

一從相見便推誠，多感南開諸友生。更喜座中聞快語，新交都有故人情。（贈寧宗一先生）

兩篇詞説蒙親録，一對石章爲我雕。鐵畫銀鉤無倦賞，高情難報海天遥。

相逢喜有同門誼，相别還蒙贈好詩。十二短章無限意，俳諧妙語鑄新詞。

（以上二首贈王雙啟先生）

便面黑如點漆濃，新詞朱筆隸書工。贈投不肯留名姓，惟向襟前惠好風。

（贈王千女士）

課後匆匆乍見時，故人相對認還遲。稱名頓憶當年貌，忽覺光陰去若馳。

（贈陳繼揆學長）

斜日樓頭酒一觴，故人邀宴意偏長。佳筵已散情難盡，樂事追懷話晚涼。

芸窗當日俱年少，垂老相逢鬢已皤。記得同舟遊太液，前塵回首卅年過。

（以上二首記與同班諸學長之聚會）

園名水上人如鯽，春到同來賞物華。最喜相看如舊識，珍叢開遍刺梅花。

（記水上公園之遊）

盤山地是古無終，抗敵傳聞野寺中。記得陶詩田子泰，果然鄉里有雄風。

虎踞山頭亂石蹲，潺湲一水靜中喧。忽興礙路當年恨，商隱詩篇細討論。

（以上二首記盤山之遊）

薊城門額古漁陽，惆悵開天事可傷。猶有唐時明月在，宵深誰與話興亡。

（記薊縣之遊）

白晝談詩夜講詞，諸生與我共成癡。臨歧一課渾難罷，直到深宵夜角吹。

題詩好訂他年約，贈畫長留此日情。感激一堂三百士，共揮汗雨送將行。

（以上二首記講課之事與送別之會）

當時觀畫頻嗟賞，如見騷魂起汨羅。博得丹青今日贈，此中情事感人多。

我觀君畫神爲奪，君誦吾詞賞亦顛。一面未逢心已識，論交真覺有奇緣。

（以上二首記南開大學以范曾先生所繪屈原圖像相贈之事）

後約丁寧寫壯辭，送行録贈小川詩。共留祝願前程遠，珍重天涯兩地思。

（記臨行前二位女同學録詩相贈之事）

成都紀遊絶句九首

旅途口占

一世最耽工部句，今朝真到錦江濱。兩字少城纔入耳，便思當日百花春。

早歲愛詩如有癖，老遊山水興偏狂。平生心願今朝足，來向成都謁草堂。

想像緣江當日路，只今賓館即青郊。欲知杜老經行處，結伴來尋萬里橋。

少陵曾與鷗鵜約，一日須來一百回。若使詩人今尚在，此身願化鷗鵜來。

接天初睹大江流，何幸餘年有壯遊。此去爲貪三峽美，不辭終日立船頭。

不見江心灩澦堆，不聞天外暮猿哀。忽然惆悵還成喜，無復風波懼往來。

舟入夔門思杜老，獨吟秋興對江風。巫山不改青青色，屹立詩魂萬古雄。

早年觀畫惟求美，不喜圖中有電桿。今見電桿絶壁上，江山翻覺美千般。

空濛青翠有還無，十二遥峰態萬殊。指點當前雄壩起，會看高峽出平湖。

五律三章奉酬周汝昌先生

周汝昌先生以新著《恭王府考》見贈。府爲昔日在輔仁大學讀書時舊遊之地，周君來函索詩，因賦五律三章奉酬。

飄泊吾將老，天涯久寂寥。誦君新著好，令我客魂銷。展卷追塵跡，披圖認石橋。昔遊真似夢，歷歷復迢迢。

長憶讀書處，朱門舊邸存。天香題小院，多福榜高軒。慷慨歌燕市，淪亡有淚痕。平生哀樂事，今日與誰論。

四十年前地，嬉遊遍曲欄。春看花萬朵，詩詠竹千竿。所考如堪信，斯園即大觀。紅樓竟親歷，百感益無端。

霧中有作七絶二首

一九八一年

連日沉陰鬱不開，天涯木落亦堪哀。我生久慣淒涼路，一任茫茫海霧來。

高處登臨我所耽，海天愁入霧中涵。雲端定有晴暉在，望斷遥空一抹藍。

一九八一年春自温哥華乘機赴草堂參加杜詩學會機上口占

平生佳句總相親，杜老詩篇動鬼神。作别天涯花萬樹，歸來爲看草堂春。

賦呈繆彦威前輩教授

一九八一年四月成都作

早歲曾耽絶妙文，心儀自此慕斯人。何期瀛海歸來日，得沐春風錦水濱。卅載滄桑人縱老，千年蘭芷意常親。新辭舊句皆珠玉，惠我都成一世珍。

歸加拿大後寄繆彦威教授

一九八一年五月温哥華作

稼軒空仰淵明菊，子美徒尊宋玉師。千古蕭條悲異代，幾人知賞得同時。縱然飄泊今將老，但得瞻依總未遲。爲有風人儀範在，天涯此後足懷思。

附　繆彦威教授贈詩二章

相逢傾蓋許知音①，談藝清齋意萬尋。錦里草堂朝聖日，京華北斗望鄉心②。詞方漱玉多英氣，志慕班昭託素襟。一曲驪歌芳草遠，淒涼天際又輕陰。

豈是蓬山有夙因，神交卅載遽相親。園中嘉卉忘歸日，海上滄波思遠人。敢比南豐期正字③，何須後世待揚雲④。莫傷流水韶華逝，善保高情日日新。

注①：葉君謂少時即喜讀余所著《詩詞散論》，見解多相合者。

注②：一九七九年，葉君回祖國探親，旅遊西安，賦詩云：「天涯常感少陵詩，北斗京華有夢思。今日我來真自喜，還鄉值此中興時。」

注③：謂陳後山。

注④：借用文韻字通押。

贈俞平伯教授　一九八一年

白髮猶能寫妙詞，曲園家學仰名師。人間小劫滄桑變，喜見風儀似舊時。

律詩一首

一九八一年五月下旬，自加拿大西岸之温哥華飛赴東岸之哈利法克斯（Halifax）參加亞洲學會年會，會後至佩基灣（Peggy's Cove）觀海，有懷鄉國，感賦一律。

久慣飛航作遠遊，海西頭到海東頭。雲程寂歷常如雁，塵夢飄摇等似漚。誰遣生涯成旅寄，未甘心事剩槎浮。朅來地角懷鄉國，愁對風濤感不休。

員嶠

奉答繆彦威教授《古意》詩　一九八一年七月

員嶠神蠶七寸身，風霜萬古閟陽春。靈光一接驚眠起，盡吐冰絲化彩雲。

附　繆彦威教授原作　古意

冰蠶長七寸，生於員嶠山。結繭霜雪下，弱質凌風寒。織成五彩錦，水火不能干。事出《拾遺記》，其語頗荒謾①。吾獨愛其義，取名書室焉。奇情寄壯采，抗節期貞堅。有客賞我趣，側然鳴心絃。貽我絶妙辭，美如金琅玕。靈均求佚女，乘龍翔九天。陳思賦洛神，綿邈區中緣。豈若贈詩者，悟賞在世間。遠海通微波，呼吸生芳蘭。古人不足慕，託想徒空言。吾願保真契，試寫《古意》篇。

注①：王嘉《拾遺記》云：「員嶠山……有冰蠶，長七寸，黑色，有角有鱗，以霜雪覆之，然後作繭，長一尺，其色五彩，織爲文錦，入水不濡，以之投火，經宿不燎。」

爲加拿大郵政罷工作

一九八一年七月

自嘆天涯老，無從解客懷。每傷知己別，唯冀遠書來。錦鯉沉何處，青禽使竟乖。只應明月下，長是立空階。

答謝北京大學陳貽焮教授贈我《沁園春》詞

新詞贈我沁園春①，感激相知意氣親。更詠南行絶句好，同遊真擬伴詩人。

注①：陳貽焮教授曾作《沁園春》一首相贈。《己未夏，加拿大不列顛哥倫比亞大學教授葉嘉瑩女士，來北京大學中文系，爲諸生授靖節、少陵、玉谿詩，課畢將出遊巴蜀三峽，諸公餞諸中關村，余末座稱觴，作〈沁園春〉以贈》：「新雨初來，讀了清詞，又賞奇文。想柴桑韻致，少陵肝膽，樊南翰藻，漱玉豐神。暗自思量，豈曾相識，一見緣何似故人？敢不是，皆心儀騷雅，筆硯棲身。　羨君健翮淩雲，飽覽那風花四海春。今高蹤登眺，燕臺紫塞，吟鞭指向，巫峽荆門。乍唱驪歌，重斟蟻酒，滿座爲君飲一巡。君此去，望京華旭日，遠照征塵。」

贈陳貽焮教授及其公子薊莊絶句二首　一九八二年

心如赤子筆凌雲，結友平生幾似君。但願常爲鏡春客，茗茶相對論詩文。

結蕊爲珠展似梅，天然玉質勝瓊瑰。郎君自有傳神手，攝取花魂月下來。

爲内侄孫女詩詩作

内侄孫女小字詩詩，天性聰慧，甫周歲，余弟嘉謀授以唐人絶句，輒能成詠。因爲小詩以美之。

劫後家風喜未更，共誇雛鳳有清聲。周齡誦得唐人句，無愧詩詩是小名。

昆明旅遊絶句十二首

一九八二年

滇南勝地説春城，北國遊人意早傾。能洗征塵三萬斛，翠湖堤畔碧波明。
（翠湖）

山川自有鍾靈意，斧鑿能奪造化工。下瞰煙波五百里，危崖石刻有雄風。
（龍門）

鵬飛九萬高風遠，水擊三千絶世姿。曾讀蒙莊勞想像，幾疑滇海即天池。
（滇池）

煉石曾傳竟補天，銜枝亦信海能填。如何留此千年憾，斷卻魁星筆不全。
（魁星像）

太華山頭縹緲樓，雲煙都向望中收。層檐一角斜陽晚，紅綻茶花古寺幽。

（縹緲樓）

早歲曾耽聶耳歌，卅年事往逐流波。名山留得才人墓，遊子低迴感自多。

（聶耳墓）

鐘聲已自何年歇，遠嶺空留夕照遲。惆悵華亭山下路，幽林闃寂起相思。

（華亭寺鐘）

禪心莫漫誇無住，留塑空山亦有情。五百佛尊窮世相，分明衆苦見蒼生。

（筇竹寺羅漢）

老幹曾經歷冰雪，虯枝真似走龍蛇。開天往事憑誰説，猶向東風自發花。

（黑龍潭唐梅）

眼底茫茫煙水寬，披襟高處獨憑欄。長聯一百八十字，足配名樓號大觀。

（大觀樓長聯）

人生何短世何長，太古茫茫接大荒。海水縱枯石未爛，兩間留此證滄桑。

（石林）

黌舍猶存舊講臺，致公堂内憶風雷。詩人愛國將身殉，詩魄如花帶血開。

（雲大致公堂，聞一多遇害前曾在此講演）

山泉

一九八二年五月成都作

涓涓幽谷瀉泉清，一路相隨伴我行。細聽潺湲千百轉，世間無物比深情。

旅遊有懷詩聖賦五律六章

垂老歸鄉國，逢春作遠遊。因耽工部句，來覓兗州樓。平野真無際，白雲自古浮。千年詩興在，瞻望意遲留。（過兗州）

曾嘆儒冠誤，當年杜少陵。致君空有願，堯舜竟無憑。毀譽從翻覆，詩書幾廢興。今朝過曲阜，百感自填膺。（遊曲阜）

髫年吟望岳，久仰岱宗高。策杖攀千級，乘風上九霄。衆山供遠目，萬壑聽松濤。絶頂懷詩聖，登臨未憚勞。（登泰山）

歷下名亭古，佳聯世共傳。因茲懷杜老，到此誦詩篇。海右多名士，人間重後賢。詞中辛李在，靈秀鬱山川。

（遊濟南）

錦里經年別，天涯憶念頻。重來心自喜，又見草堂春。籠竹看彌翠，鵑花開正新。盍簪溪畔宅，盛會仰詩人。

（參加成都草堂紀念杜甫大會）

鞏洛中州地，詩人故里存。千年窑洞古，三架土峰尊。東泗餘流水，南瑤有舊村。山川一何幸，孕此少陵魂。

（遊鞏縣杜甫故居）

繆彦威前輩教授以手書汪容甫贈黄仲則詩見貽賦此爲謝

一九八二年十月

黄金不鑄鄙榮名，容甫孤懷託友生。感激應知黄仲則，沉憂一樣滿離情。

高枝

一九八三年八月成都作

高枝珍重護芳菲，未信當時作計非。忍待千年盼終發，忽驚萬點竟飄飛。所期石煉天能補，但使珠圓月豈虧。祝取重番花事好，故園春夢總依依。

樊城秋晚風雨中喜見早梅

一九八三年十月

天涯木落正淒然，況值寒風凍雨天。忽見嫣紅三四點，喜他梅蕊報春先。

春歸有作

一九八四年六月成都作

月圓月缺尋常事，無改清暉萬古同。來歲花枝應更好，不因春去怨匆匆。

河橋二首寄梅子臺灣

一九八四年

經年海外一相逢，聚散匆匆似夢中。重上河橋良久立，天南天北暮霞紅。

漫言投老有心期，又向天涯賦別離。依舊河橋新月上，與誰同賞復同歸。

秋晚懷故國友人

一九八五年

秋晚傷離索，霜楓染葉酡。經時音信阻，連夜月明多。夙約懷知己，流光感逝波。所期重聚首，休待鬢全皤。

爲茶花作　一九八五年

記得花開好，曾經鬥雪霜。堅貞原自詡，剪伐定堪傷。雨夕風晨裏，苔階石徑旁。未甘憔悴盡，一朵尚留芳。

秋花

芳根早分委泥塵，風雨何曾識好春。誰遣朱蕤向秋發，花開只爲惜花人。

寄懷梅子臺灣

余近歲常於暑期返鄉，而梅子久居臺灣，通信常多避忌，不能盡言，梅子來書因有別久路歧之嘆，賦此解之。

楊柳青時又一年，思君經歲隔雲天。鄉情欲寫偏難説，把筆臨箋意惘然。
南溟北海雖相隔，未必離居便路歧。千里同暉今夜月，夙心不易有前期。

初夏絶句

詠梔子花　一九八五年五月成都作

海燕歸棲畫閣前，人間小别又經年。滿園梔子花開遍，珍重清和五月天。

詠荷花　一九八五年八月

菡萏多情故國開，離人今日又天涯。新秋幾夜風兼露，可有寒香入夢來。

挽夏承燾先生二絶　一九八六年

詞林大業憶彊村，開繼宗風一代尊。西子湖邊留教澤，永嘉山水與招魂。

先生高弟吾知友①，每話師恩感舊深。一夕大星沉不起，滄波隔海最傷心。

注①：友人潘琦君女士亦爲永嘉人，曾從先生受學，現爲臺灣著名散文家，寫有懷念夏先生之文字多篇。

陳省身先生七十五歲壽宴中作

一九八六年十月

百年已過四之三，仁者無憂歲月寬。待祝期頤他日壽，會當把酒更聯歡。

謝友人贈菊

一九八六年秋在南開任教，蒙吴大任校長及陳鶂夫人惠贈盆菊，因思陶詩「秋菊有佳色」之句，賦詩爲謝。

白雲難寄懷高士，驛使能傳憶嶺梅。千古雅人相贈意，喜看佳色伴秋來。

論詞絶句五十首

風詩雅樂久沉冥，六代歌謡亦寢聲。里巷胡夷新曲出，遂教詞體擅嘉名。

唐人留寫在敦煌，想像當年做道場。怪底佛經雜艷曲，溯源應許到齊梁。

曾題名字號詩餘，疊唱聲辭體自殊。誰譜新歌長短句，南朝樂府肇胎初。

（以上三首論詞之起源）

何必牽攀擬楚騷，總緣物美覺情高。玉樓明月懷人句，無限相思此意遥。

繡閣朝暉掩映金，當春懶起一沉吟。弄妝仔細匀眉黛，千古佳人寂寞心。

金縷翠翹嬌旖旎，藕絲秋色韻參差。人天絶色憑誰識，離合神光寫妙辭。

（以上三首論温庭筠詞）

水堂西面相逢處，去歲今朝離别時。個裏有人呼欲出，淡妝簾卷見清姿。

誰家陌上堪相許，從嫁甘拚一世休。終古摯情能似此，楚騷九死誼相侔。

深情曲處偏能直，解會斯言賞最真。吟到洛陽春好句，斜暉凝恨憶何人。

（以上三首論韋莊詞）

纏綿伊鬱寫微辭，日日花前病酒巵。多少閒愁拋不得，陽春一集耐人思。

金荃穠麗浣花清，淡掃嚴妝各擅名。難比正中堂廡大，靜安於此識豪英。

罷相當年向撫州，仕途得失底須憂。若從詞史論勳業，功在江西一派流。

（以上三首論馮延巳詞）

丁香細結引愁長，光景流連自可傷。縱使花間饒旖旎，也應風發屬南唐。

凋殘翠葉意如何，愁見西風起緑波。便有美人遲暮感，勝人少許不須多。

（以上二首論李璟詞）

悲歡一例付歌吟，樂既沉酣痛亦深。莫道後先風格異，真情無改是詞心。

林花開謝總傷神，風雨無情葬好春。悟到人生有長恨，血痕雜入淚痕新。
憑欄無限舊江山，嘆息東流水不還。小令能傳家國恨，不教詞境囿花間。
（以上三首論李煜詞）

臨川珠玉繼陽春，更拓詞中意境新。思致融情傳好句，不如憐取眼前人。
詩人何必命終窮，節物移人語自工。細草愁煙花怯露，金風葉葉墜梧桐。
詞風變處費人猜，疑想澆愁借酒盃。一曲標題贈歌者，他鄉遲暮有深哀。
（以上三首論晏殊詞）

詩文一代仰宗師，偶寫幽懷寄小詞。莫怪樽前詠風月，人生自是有情癡。
四時佳景都堪賞，清潁當年樂事多。十闋新詞採桑子，此中豪興果如何。
西江詞筆出南唐，同叔溫馨永叔狂。各有自家真面目，好將流別細參詳。
（以上三首論歐陽修詞）

休將俗俚薄屯田，能寫悲秋興象妍。不減唐人高處在，瀟瀟暮雨灑江天。
斜陽高柳亂蟬嘶，古道長安怨可知。受盡世人青白眼，只緣填有樂工詞。
危樓佇倚一沉吟，草色煙光暮靄侵。解識幽微深秀意，介存千古是知音。
行役驅驅可奈何，光陰冉冉任經過。平生心事歸銷黯，誰誦當年煮海歌①。
（以上四首論柳永詞）

艷曲爭傳絶妙詞，酒酣狂草付諸兒。誰知小白長紅事，曾向春風感不支。
人間風月本無常，事往繁華儘可傷。一樣純情兼鋭感，叔原何似李重光。
（以上二首論晏幾道詞）

攬轡登車慕范滂，神人姑射仰蒙莊。小詞餘力開新境，千古豪蘇擅勝場。
道是無情是有情，錢塘萬里看潮生。可知天海風濤曲，也雜人間怨斷聲。
捋青擣麨俗偏好，曲港圓荷儷亦工。莫道先生疏格律，行雲流水見高風。

（以上三首論蘇軾詞）

花外斜暉柳外樓，寶簾閒挂小銀鈎。正緣平淡人難及，一點詞心屬少游。

曾誇豪雋少年雄，匹馬平羌仰令公。何意一經遷謫後，深愁只解怨飛紅。

茫茫迷霧失樓臺，不見桃源亦可哀。郴水郴山斷腸句，萬人難贖痛斯才。

（以上三首論秦觀詞）

顧曲周郎賦筆新，慣於勾勒見清真。不矜感發矜思力，結北開南是此人。

當年轉益亦多師，博大精工世所知。更喜謀篇能拓境，傳奇妙寫入新詞。

早年州里稱疏雋，晚歲人看似木雞。多少元豐元祐慨，烏紗潮濺露端倪。

（以上三首論周邦彦詞）

散關秋夢沈園春，詞筆詩才各有神。漫説蘇秦能驛騎，放翁原具自家真。

漁歌菱唱何須止，綺語花間詎可輕。怪底未能臻極致，正緣著眼欠分明。

少年突騎渡江來，老作詞人事可哀。萬里倚天長劍在，欲飛還斂慨風雷。
曾誇蘇柳與周秦，能造高峰各有人。何意山東辛老子，更於峰頂拓途新。

（以上二首論陸游詞）

幽情曾識陶彭澤，健筆還思太史公。莫謂粗豪輕學步，從來畫虎最難工。

（以上三首論辛棄疾詞）

樓臺七寶漫相譏，誰識覺翁寄興微。自有神思人莫及，幽雲怪雨一騰飛。
斷煙離緒事難尋，遼海藍霞感亦深。獨上秋山看落照，殘雲賸水最傷心。
酸鹹各嗜味原殊，南北分趨亦異途。欲溯清真沾溉廣，好從空實辨姜吴。

（以上三首論吴文英詞）

紛紛毀譽知誰是，一代詞傳詠物篇。欲向斯題論得失，須從詩賦溯源沿。
東坡而後更清真，流衍詞中物態新。白石清空人莫及，夢窗麗密亦能神。

饜心切理碧山詞，樂府題留故國思。階陛能尋思筆在，介存千古足相知。

離離柳髮掩柴門，猶有歸來舊菊存。多少世人輕詆處，遺民涕淚不堪論。

（以上四首論王沂孫及詠物詞）

注①：其後，撰寫《論柳永詞》文稿時因篇幅過長，將原詩的第三、四首改寫爲一首如下：平生心事黯銷磨，愁誦當年煮海歌。總被後人稱「膩柳」，豈知詞境拓東坡？

《靈谿詞説》書成，口占一絶

一九八八年五月

莊惠濠梁俞氏琴，人間難得是知音。潺湲一脈靈谿水，要共詞心證古今。

朱絃

天海風濤夜夜寒，夢魂常在玉闌干。焦桐留得朱絃在，三拂猶能著意彈。

七絶三首

一九八九年臺灣作

平生不喜言衰病，偶住山中爲養疴。幾日疏風兼細雨，四圍山色入煙蘿。

小樓獨坐耐高寒，雨態煙容盡可觀。嘗遍浮生真意味，餘年難得病中閒。

故人高誼邀山居，出有乘車食有魚。解識病中閒處好，小樓聽雨亦清娱。

戒煙歌

應人邀稿作

能使肺心病，更令空氣污。如何萬靈長，甘作紙煙奴。立地能成佛，回車即坦途。與君歌此曲，故我變新吾。

西北紀行詩十五首

寫贈柯楊、林家英、牛龍菲諸先生　一九九二年

西行萬里到蘭州，自喜身腰老尚遒。十日甘南復甘北，無邊風物望中收。

主人才美愛風詩，曾上蓮花採竹枝。一睹鄉情聲畫好，我來真悔四年遲。

喜晤金城詠絮才，佳編贈我勝瓊瑰。貝珠詩海憑君拾，麗句精思有鑒裁。

曾吟子美秦成作，南隴山川有夢思。此日隴南來眼底，今詩人説古人詩。
皋蘭山色晚來幽，好共風人結伴遊。指點三臺閣上望，萬燈如海認蘭州。
平生悔不通音律，卻遇才人解樂歌。鼓笛笙簫親指説，畫圖示我獲良多。
西方貝葉有金經，妙法如輪轉未停。來訪夏河梵寺古，夏初牧草未全青。
靈巖幽窟閟千春，暗室深藏不世珍。滿壁諸天飛動意，畫工真有藝通神。
陽關故址早沉埋，三疊空傳舊曲哀。斜日平沙荒漠遠，離歌誰勸酒盈盃。
曾傳天馬出流沙，艷説名池有渥洼。千古南湖波水碧，我來特此駐遊車。
遠遊喜得學人伴，細説騷經諸品蘭。更向沙山追落日，月牙泉畔試駝鞍。
時時鑽越復攀援，細雨霏微上五泉。無害形骸一脱略，任天而動有名言。
初驚入口似瓊漿，摇漾盃中琥珀光。愛此純汁沙棘美，可能無句與傳揚。
平生萬里孤行久，種蕙滋蘭願豈違。卻喜暮年來隴上，更於此地見芳菲。

吟詩曾是問歸期，許與重來未可知。更唱南音當静夜，臨岐那得不依依。

月牙泉口占寄梅子臺灣

一九九二年

卅年情誼相知久，萬里離分歲月多。寄爾一丸沙漠月，懷人今夜意如何。

楊振寧教授七十華誕口占絶句四章爲祝

一九九二年六月九日於天津南開大學

卅五年前仰大名，共稱華胄出豪英。過人智慧通天宇，妙理推知不守恆。

記得嘉賓過我來，年時相晤在南開。曾無茗酒供談興，惟敬山楂果一盃。
誰言文理殊途異，才悟能明此意通。惠我佳編時展讀，博聞卓識見高風。
初度欣逢七十辰，華堂多士壽斯人。我愧當筵無可奉，聊將短句祝長春。

賀繆彦威先生九旬初度

壬申冬日寫於加拿大温哥華

當時錦水記相逢，蒙許知音傾蓋中。公賞端臨比容甫，我慚無己慕南豐。詞探十載靈谿境，
人頌三千絳帳功。遥祝期頤今日壽，煙波萬里意千重。

紀夢

峭壁千帆傍水涯，空堂闃寂見群葩。不須澆灌偏能活，一朵仙人掌上花。

金暉

晚霞秋水碧天長，滿眼金暉愛夕陽。不向西風怨摇落，好花原有四時香。

端木留學長挽詩二首①

一九九二年

天降才生世，翻令厄運遭。一言能賈禍，百劫自難逃。歲晚身初定，桑榆景尚遥。如何偏罹疾，二豎不相饒。

記得津門站，相逢五載前。行囊蒙提挈，風度遠周旋。檢册時勞送，論詩善作詮。重來人不見，惆悵惜茲賢。

注①：端木學長才華過人，學養俱優，早年畢業於輔仁大學國文系，曾在輔仁中學任教。解放戰爭時，激於報國熱忱，乃決志參加南下工作團。肅反運動時，偶因直言，遭到批評。一九五七年被劃爲「右派」，開除軍籍，下放至煤礦勞動學習，備經艱苦，一九六三年勞教期滿，返回天津後無人爲之安排工作，遂學習爲泥瓦工。「文革」後始得機會轉入南開大學圖書館工作，一九八六年我由北京至天津南開講學，有校友多人至天津站迎接。當衆人相晤寒暄之際，獨有端木學長一人忙於爲我提攜行李，而沉默少言。相識後我每至圖書館查書，多蒙其熱心協助，且往往將我所需之書籍，親送至專家樓。校友程宗明女士之女撰寫論文時，端木學長雖已抱病，經醫生診斷爲腦瘤，但亦仍親在圖書館中爲之尋檢資料。宗明女士每話及此事輒爲之淚下。蓋端木學長天性寬厚，樂於助人，凡屬知者，對其逝世莫不深爲悼惜。宗明女士囑我爲端木學長撰寫悼詩，因成此五言二律。端木學長能詩，工書法，雖在困厄中不廢讀書。據其弟端木陽相告云，端木學長曾撰有《成語辭典》及《轉注論》二稿，惜皆已散佚不傳，身後無聞。惟有南開校友安易女士曾根據其弟端木陽與我之談話，寫有紀念端木留先生之短文一篇，發表於一九九三年之《輔仁校友通訊》，題爲《虚負凌雲萬丈才，一生襟抱未曾開》。此雖爲古人之詩句，而實可爲端木學長一生之寫照。夫天之生才不易，何期天生之才乃竟爲世之所厄如斯，可慨也夫。

絶句四首

一九九三年春美國加州萬佛聖城邀講陶詩，小住一周，偶占四絶。

大千劫刹幾微塵，遇合從知有勝因。聖地同參追往事，謂言一語破迷津①。

陶潛詩借酒爲名，絶世無親慨六經。卻聽梵音思禮樂，人天悲願入蒼冥。

妙音聲鳥號迦陵，慚愧平生負此稱。偶住佛廬話陶令，但尊德法未依僧。

花開蓮現落蓮成，蓮月新荷是小名。曾向蓮華聞妙法，幾時因果悟三生。

注①：聖城女尼恆貴法師，舊曾在不列顛哥倫比亞大學亞洲系從我修習古典詩詞，自謂其決志落髮蓋曾受我講詩時一言之啟悟。

查理斯河畔有哈佛大學宿舍樓一座，我於多年前曾居住此樓，今年又遷入此樓

一九九三年八月

如金歲月惜餘年，所欲從心了不愆。依舊河橋堤畔路，前塵淡入夕陽天。

偶見聖誕卡一枚，其圖像爲佈滿朱實之茂密綠葉而題字有「丹書」之言，因占此絶

誰將朱實擬丹書，妙義微言定有無。自是高情人莫識，還他一笑任胡盧。

癸酉冬日中華詩詞學會友人邀宴糊塗樓，樓以葫蘆爲記，偶占三絶

爐火無煙燈火明，主人好客聚群英。尊前細説當年事，認取糊塗是好名。

我是東西南北人，一生飄泊老風塵。歸來卻喜多吟侶，贈我新詩感意親。

淋漓醉墨寫新篇，歌酒詩吟意氣妍。共入葫蘆歡此夕，壺中信是有壺天。

繆鉞彦威先生挽詩三首

一九九五年

錦城又見杜鵑紅，重到情懷百不同。依舊錚樓書室在，只今何處覓高風①。

當時兩度約重來，事阻偏教此願乖。逝者難回慳一面，延陵徐墓有深哀②。

曾蒙賞契擬端臨，詞境靈谿許共尋。每誦瑤琴流水句，寂寥從此斷知音③。

注①：先生住處在川大宿舍錚樓之内。我與先生相識於一九八一年四月在成都草堂所舉行之杜甫學會第一次大會之中，時正值杜鵑花盛開之際。

注②：一九九二年春，先生臥病後，我曾一度訂好機票，擬來成都探望，先生以住所正在修繕中，一切諸多不便，函電力阻，遂未成行。一九九四年十二月，先生病重住院，時值我正在北京探親，亦曾購妥機票，擬往探候，乃因染患重感冒，經在京家人勸阻，由舍侄退去機票，亦未成行。當時曾致電成都，相約四月中返國時，再來探望，豈意先生於一月中逝世，此次雖守約前來，而僅能參加先生葬禮，未獲生前之一面，悵憾無似。

注③：先生於一九八一年與我相識後，初次來函即曾引清代學者汪容甫致劉端臨書，以共同著述相期勉，其後遂商定合撰《靈谿詞説》，於一九八七年成書，已由上海古籍出版社出版。繼又合撰續集《詞學古今談》，亦已於一九九三年交由湖南岳麓書社出版，先生舊曾贈我《高陽臺》詞，有「人間萬籟皆凡響，爲曾聽流水瑤琴」之句，知賞極深，此日重誦先生舊句，感愧之餘，彌增悼念之思。

贈别新加坡國大同學七絶一首

一九九五年一月

栽桃已是古稀人，又向獅城作一春。莫怨匆匆成聚散，雪泥鴻爪總前因。

至N.H.州白山附近訪Robert Frost故居①

一九九六年七月

煙巒霧鎖一重重，盡日驅車細雨中。來訪詩人當日宅，雪林歧路動深衷。

注①：英惠奇同行。

一九九六年九月中旬赴烏魯木齊參加中國社科院文研所與新疆師範大學聯合舉辦之「世紀之交中國古典文學及絲綢之路文明國際學術研討會」並赴西北各地作學術考察，沿途口占絶句六首

欣逢嘉會值高秋，絶域炎天喜壯遊。滿架葡萄開盛宴，共誇美果出西州①。

曾讀高岑出塞詩，關河風物繫人思。誰知萬里輪臺夜，來説花間絶妙詞②。

交河東去接高昌，一片殘墟入大荒。飲馬黄昏空想像，漢關秦月古沙場③。

難從枯骨想豐容，千載殘骸古磧中。休向人間問榮辱，美人名將總虚空④。

沙中坎井舊知名，千里泠泠地下行。自是勞人多智慧，最艱辛處拓民生⑤。

人間何處有奇葩，獨向天山頂上誇。我是愛蓮真有癖，古稀來覓雪中花⑥。

注①：遊吐魯番葡萄溝，並蒙大會享以葡萄宴。吐魯番舊屬西州。

注②：爲新疆諸學子講授詞與詞學。

注③：參觀交河及高昌故墟，因憶及唐代李頎《古從軍行》中「黄昏飲馬傍交河」之句。

注④：參觀阿斯塔那古墓及木乃伊展覽，中有張雄將軍及所謂樓蘭美女之乾屍。

注⑤：參觀坎兒井。

注⑥：登天山遊天池，見雪蓮圖片。

梅子壽辰將近，口占二絶爲祝

一九九七年一月

朔風凜冽見梅枝，又近佳辰初度時。記否當年明月夜，樊城曾共酒盈卮。

寒梅幾見發南臺，可惜嘉名與地乖。要證嚴冬冰雪質，固應移植北鄉來。

温哥華花期將屆，而我即將遠行，頗以爲憾。然此去東部亦應正值花開，因占二絶自解

一九九七年春寫於温哥華

居卜樊城是我家，年年遠去負芳華。今春又近花開日，一樣行期未許賒。

久慣生涯似轉蓬，去留得失等飄風。此行喜有春相伴，一路看花到海東。

一九九七年春明尼蘇達州立大學陳教授幼石女士約我至明大短期講學，並邀至其府上同住，歷時三月。别離在即，因賦紀事絶句十二首以爲紀念

人生聚合總前因，惆悵將離謝主人。小住明州三閲月，到時冰雪别時春①。

劍橋俠女有英名，雄辯能令舉座驚。今日化身東道主，始知玉手善調羹②。

葱魚肉嫩炸雞香，芋軟鴨肥耐品嘗。更製杏仁滑豆腐，果鮮酪美自無雙③。

孫吴兵法細參詳，巾幗豪情未可當。披甲冠盔頻上陣，又看今日作嚴妝④。

閒來觀影興皆濃，所見英雄喜略同。因友郵差餘味永，聖城長劇史詩風⑤。

從來柔順最爲先，千古凄涼話女權。惠我佳篇欣展讀，班昭女誡有新詮⑥。

愛把人生比戰場，終年勞瘁自奔忙。偶聽歡呼賞球賽，觀人勝負亦能狂⑦。

緑泉春緑喜嘉名，何懼驅車赴遠程。連日雨風寒料峭，今朝上路喜全晴⑧。

名居萊特隱林丘，真樸翻從設計求。能把哲思融建築，天人合一見新猷⑨。

危巖巨屋事難憑，狂想當年志竟成。一徑凌空下無地，浮雲來往入蒼冥⑩。

白手能將偉業傳，奇人若旦史無先。定知費盡搜尋力，展出文明二百年⑪。

威州谿谷地形殊，兩岸岩山似畫圖。可惜盛名垂釣處，午餐偏嘆食無魚⑫。

注①：我於三月中旬抵明州，當時尚滿地冰雪，明州春晚，五月下旬始有春來之跡象。

注②：陳幼石女士早在二十世紀六十年代居住劍橋時，即有俠女之名，此次與之同住數月，始知其亦長於烹飪也。

注③：此詩所詠之葱燒鯽魚、五香炸雞翼、芋頭燒鴨及杏仁豆腐等，皆爲陳女士之拿手好菜。

注④：陳女士富於鬥爭精神，爲提高教學質量，常以作戰爲喻，平日對服飾雖不大講求，而每有戰事則嚴妝上陣。

注⑤：吾二人皆喜觀賞影片，此詩所詠爲曾一同觀賞之三部影片，計爲 *The Shawshank Redemption*、*Post Man* 及 *Jerusalem*。

注⑥：陳女士在《通報》發表論文，謂班昭《女誡》並非教女以柔順爲德，而實爲一種戰爭策略也。

注⑦：陳女士每於週末喜觀電視球賽，對其所支持之球隊每射入一球，輒雀躍歡呼不已。

注⑧：五月下旬，陳女士開車與我同赴 Spring Green 旅遊，而 Spring 既有泉水之意，亦有春日之意。

注⑨：Frank Lloyd Wright 美國建築史上名人，其建築主張將設計與自然合一，且頗富東方之情致。

注⑩：二十世紀四十年代初 Alex Jordan 以一介平民身負巨石，建屋於巨大巖石之上，號稱 The House on the Rock。有一凌空之長廊遠出塵表，可以想見其建造時之艱危也。

注⑪：Jordan 建成巖屋後，更不斷建造擴展並搜集各地文物展列其中，依時代先後爲次第，儼然重現美國二百年來之一部文明演進史也。

注⑫：Wisconsin Delle 爲旅遊及垂釣之勝地，吾二人午餐時欲覓一餐館食魚竟遍尋不得，爲茲遊之唯一憾事。

一九九七年春，在美國明州大學訪問，得與廿餘年前舊識劉教授君若女士重逢，蒙其相邀至西郊植物園遊春賞花，餘寒雖厲，而吾二人遊興頗濃，口占絶句六首

已過清明四月天，明州春晚草初妍。喜遇故人風雅客，尋芳邀我赴西園①。

春寒料峭興偏濃，無懼高坡落帽風。縱使海棠猶未綻，已看文杏弄嬌紅②。

故都曾賞玉蘭花，肌骨豐融最可誇。忽見異邦新品目，伶俜星影太欹斜③。

連朝風雨妒春來，花信難憑總費猜。已是水仙憔悴損，鬱金雖好未全開④。

遊春自詡老能狂，一任風寒氣未降。更向歸途試春餅，卷來新菜木樨香⑤。

聚散人生似雪鴻，年華廿載逝匆匆。留取今朝花下影，他時憑此憶相逢⑥。

注①：明大植物園在市之西郊，故稱西園。

注②：是日風力頗强，吾二人均著便帽以避風寒。而時有風吹落帽之虞。

注③：園中有花曰「Star Magnolia」，品種頗近於玉蘭，而花瓣極爲纖瘦，不似玉蘭之軒昂上仰，且每瓣皆欹斜下垂。

注④：連日風雨，水仙已凋謝，鬱金香尚含苞未放。

注⑤：歸途中君若教授介紹至遠東飯店品嘗春餅。

注⑥：君若教授與我相識雖久，而極少合影之機會，此日合攝數影，亦一寶貴之紀念也。

悼念吴大任先生五律三首　一九九七年

其一

曾羡齊眉偶，黌宫共執鞭。深研精數理，餘興愛詩篇。惠我菊花好，感君伉儷賢。何期重過訪，孀婺剩孤懸①。

其二

展讀平生傳，欽遲仰大才。三吴誇俊彦，美譽滿南開。佳侶得賢助，謀篇共剪裁。等身多譯著，繼往更開來②。

其三

作育英才久，高風在講壇。誨人長不倦，謀校亦精殫。知友能詞賦，交情見肺肝。遺言囑爲序，敢不竭冥頑③。

注①：吴大任先生夫婦皆爲數學名家，而雅好詩詞。十餘年前，曾共聆我之詩詞課，表示極大之興趣，並以盆菊相惠贈。

注②：吴先生與胞兄大業及堂兄大猷曾共在南開大學讀書，並皆成績優秀，有三吴之美譽。其夫人陳鶚女士亦爲數學名家，曾與吴先生合力譯著數學之名著多種。

注③：吴先生長於講課，積學在胸，循循善誘。曾任南開大學副校長，對學校貢獻良多，其生前知友石聲漢先生精研農業，而性好填詞，遺著有手書複印本詞集一册。吴先生曾囑石聲漢之子石定機教授，攜此詞集邀我爲序。

七絶一首　二〇〇〇年

南開校園馬蹄湖内遍植荷花，素所深愛，深秋摇落，偶經湖畔，口占一絶。

蕭瑟悲秋今古同，殘荷零落向西風。遥天誰遣羲和馭，來送黄昏一抹紅。

七絶三首

贈馮其庸先生　二〇〇一年

威州高會記相逢，三絶清才始識公。妙手丹青蒙繪贈，朱藤數筆見高風①。

研紅當代仰宗師，早歲艱辛世莫知。惠我佳篇時展讀，秋風一集耐人思②。

一編圖影取真經，瀚海流沙寫性靈。七上天山奇志偉，定隨玄奘史留名③。

注①：寬堂馮其庸先生與余初識於一九八〇年美國威斯康辛大學所主辦之「國際《紅樓夢》研讨會」中。馮公對紅學之研究固早爲當世所共仰，而在會議期中馮公更曾以其親筆所繪之紫藤一幅相惠贈，於是始識其詩書畫三絶之妙詣。

注②：一九九三年冬又得與馮公在北京再度相晤，馮公復以其大著多種相贈。其中《秋風集·往事回憶》一文，曾備敘其早年生活之艱苦，而馮公能有今日多方面之成就，則其資秉之高、用力之勤，固可想見矣。

注③：二〇〇一年返國與馮公又得相晤，馮公又以其近日在上海展出之《馮其庸發現考實玄奘取經路綫暨大西部圖影集》一册相示，既歎其七上天山之探奇考古精神之卓偉，更賞其攝影取景之藝術境界之高妙，欽賞之餘因寫爲小詩三首相贈。

七絶一首　二〇〇一年

辛巳季冬應邀赴澳門講學，蒙當地筆會宴請，席間索句，因得首二句。其後有澳門實業家沈秉和先生欲以此聯邀請友人爲春茗聯句之會，並於請柬中徵引我之舊作《瑤華》①一詞，説明我之小字爲荷，而澳門素有「蓮花地」之稱，以爲我與此地結緣蓋有天意。而我之《瑤華》詞則曾引友人禪偈，有「待到功成日，花開九品蓮」之句，因又占得後二句，足成一絶。

濠江勝地海山隈，處處荷花喚我來。若使《瑤華》禪偈驗，會看九品妙蓮開。

注①：參見本書二八七頁。

七絕三首

嶺南大學鄺龔子教授既以其近著《默絃詩草》一册相題獻，又撰七絕八首爲贈，更於上月嶺南大學對我頒贈榮譽學位之日親爲推贊之辭，高情盛誼，感銘無已，因占三絕以相答謝。

春花秋月水雲辭，天賦清才獨愛詩。贈我佳篇彌感愧，忘年耄耋許相知。
一生榮辱底須論，老去空餘百劫身。世有不虞虚譽寵，多情深感嶺南人。
論詩當日仰陶公，琴上無絃有意通。自寫胸中佳趣妙，更從語默見高風。

爲北京故居舊宅被拆毀而作

二〇〇四年二月

故宅難全毁已平，餘年老去更心驚。天偏憐我教身健，江海猶能自在行。

妥芬諾（Tofino）度假紀事絶句十首

二〇〇四年五月

曾吟詩句仰陶公，穆穆良朝此意同。悠想清沂當日樂，故應千載溯遺風①。

清曉驅車豁遠眸，樊城景色望中收。天藍水碧山青翠，積雪如銀嶺上頭②。

彌天黛色仰千尋，小徑幽行入雨林。自是罡風摧不盡，龍顛虎倒亦驚心③。

嬌花色美不知名，細鼠無憂自在行。更喜新枝生腐幹，還從幽境悟枯榮④。

穿林過棧覓長灘，登降千階力欲殫。驀聽潮音遥入耳，白沙一片涌微瀾⑤。

雨後春陽入眼明，山行步步看潮生。微波如訴藍鯨語，遠水遥天俱有情⑥。

不廢三餘用力勤，同遊樂學更耽文。論詩於我尤成癖，設帳今宵到海濱⑦。

逝水流年四十春，空灘覓貝憶前塵。依然未脱塵羈在，枉説餘生伴海雲⑧。

賃得幽居近小丘，松林遥隔見沙洲。坐看明月中宵上，一夜濤聲挽客留。

靈臺妙悟許誰知，色相空花總是癡。翻喜相機通此意，不教留影但留詩⑨。

注①：淵明《時運》詩有「穆穆良朝」及「悠想清沂」之句。

注②：海灣所見實景如此。

注③：雨林曾遭颶風，巨幹摧拔，縱横遍地。

注④：嬌花細鼠及腐幹新枝皆爲雨林中之所見。

注⑤：林澗中多架棧道，可通長灘。

注⑥：「藍鯨」見舊作《鷓鴣天》詞：「廣樂鈞天世莫知。伶倫吹竹自成癡。郢中白雪無人和，域外藍鯨有夢思。明月下，夜潮遲。微波迢遞送微辭。遺音滄海如能會，便是千秋共此時。」

注⑦：諸友連夜邀我談詩。

注⑧：四十年前在臺遊野柳，有「覓貝」「伴雲」之句。「覓貝」見《郊遊野柳偶成四絶》之四：「潮音似説菩提法，潮退空餘舊夢痕。自向空灘覓珠貝，一天海氣近黄昏。」「伴雲」見《海雲》：「眼底青山迥出群，天邊白浪雪紛紛。何當了卻人間事，從此餘生伴海雲。」

注⑨：予之相機安裝膠卷有誤，整卷報廢。

《泛梗集》題辭二絶句

澳門程祥徽先生所著《泛梗集》即將付印，囑沈秉和先生代索題辭，因占二絶句勉爲報命。

雲中雕影擬英姿，漠北天南任所之。更具高才彙今古，懾人真氣寫新詩。

閱盡人生路窄寬，語林詩國兩盤桓。大千憂樂關情處，不作尋常泛梗看。

陳省身先生悼詩二首

葉嘉瑩敬悼時在甲申孟冬大雪之節

其一

噩耗驚傳痛我心，津門忽報巨星沉。猶記月前蒙厚貺，華堂錦瑟動高吟①。

其二

先生長我十三齡，曾許論詩獲眼青。此去精魂通宇宙，一星遥認耀蒼冥②。

注①：十月廿一日南開大學文學院爲我舉辦八十壽慶暨詞與詞學會議，陳先生曾親臨祝賀，並親筆書寫贈詩一首，有「錦瑟無端八十絃」之句。

注②：先生雖爲數學家，而雅好詩文。二十世紀八十年代中，曾與夫人共臨中文系教室聽我講授詩詞。近日，天文界曾以先生之名爲一小行星命名。

隨席慕蓉女士至内蒙作原鄉之旅口占絶句十首

二〇〇五年九月

海拉爾市草原城，彌望通衢入野平。矗立廣場神物在，仰天翅展海東青①。

餘年老去始能狂，一世飄零敢自傷。已是故家平毁後，卻來萬里覓原鄉②。

松葉青青樺葉黄，滿山樹色競秋光。採來野果紅如玉，味雜酸甜細品嘗③。

身腰猶喜未全衰，能到興安嶺上來。壁刻幽尋嘎仙洞，千年古史幾歡哀④。

右瞻皓月左朝陽，一片秋原入莽蒼。佇立中區還四望，天穹低處盡吾鄉⑤。

皇天后土本非遥，封禪從來禮數高。誰似牧民心意樸，金秋時節拜敖包⑥。

休言古史總無憑，歷歷傳言衆口騰。此是大汗馳騁地，隰原遥認馬蹄坑⑦。

黑山頭上舊王宫，磚礎猶存偉業空。酹酒臨風一回首，古今都付野雲中⑧。

高原之子本情多，寫出心中一曲歌。可愛詩人席連勃，萬人爭唱母親河⑨。

原鄉兒女性情真，對酒歌吟意氣親。護我更如佳子弟，還鄉從此往來頻⑩。

注①：海拉爾市建於草原之上，街道寬廣坦平，一望無際，其市中心之成吉思汗廣場立有蒙古族圖騰海東青之巨大石雕。

注②：我家本姓葉赫納蘭，先世原爲蒙古土默特部，清初入關，曾祖父在咸、同間曾任佐領，祖父在光緒間任工部員外郎，在西單以西察院胡同原有祖居一所。在二〇〇二年的一份北京市規劃委員會的公文中，曾提出要加强保護四合院的工作，我家祖居原在被保護的名單内，但終被拆遷公司所拆毁。

注③：野果之味蓋亦有如世味之雜酸甜也。

注④：嘎仙洞壁間有北魏太武帝太平真君四年（公元四四三年）刻文，記有中書侍郎李敞等人來此探訪拓跋鮮卑先祖發祥地石室之事。「嘎仙」之名或傳爲追溯祖先之意，或傳爲遊牧民保護神之意。

注⑤：中秋後二日經過廣袤之草原，地勢平廣，空氣清新，西天皓月猶懸，東天朝陽已上，藍空白雲一望無垠，實爲難得之景觀。

注⑥：内蒙古草原地勢較高之處多建有所謂敖包者，爲當地人祭拜天地之所。其源久遠，含有先民最初之信仰，被學者稱爲「宗教上的活化石」。

注⑦：額爾古納有原隰一片，高處下望，多處有水流迴繞其中，一處形似馬蹄，據傳乃成吉思汗馳馬經過時馬蹄奔踏所留遺迹。

注⑧：在額爾古納地區有一座較高之丘陵，人稱之爲黑山頭，其上有古城遺址，今尚可見其礎石遺基及零磚斷瓦，爲成吉思汗賜封其弟合撒兒之地。

注⑨：席慕蓉女士之蒙古族姓爲「席連勃」，曾寫有《父親的草原母親的河》歌詞一首，其最後一段中有句爲「我也是高原的孩子啊，心裏有一首歌」，傳唱衆口。

注⑩：在内蒙旅遊一周，負責接待之友人諸君，如孫國强及喬偉光二位，皆極爲熱誠，在沿途給予不少照拂護持，孫君且曾寫有長詩一首相贈，令人心感無已。

二〇〇六年三月在臺灣講學曾蒙陳綉金、唐喜娟二位友人熱誠接待一個月之久，臨行以水晶蓮花二朵贈別

二〇〇六年三月

自喜荷花是小名，勝緣隨地託吾生。三旬小聚難爲別，留取芳蓮伴水晶。

温哥華島阿萊休閒區登臨偶占

二〇〇六年五月七日

一灣碧水幾重山，飛鳥沖波意自閒。不向餘生説勞倦，更來高處一憑欄。

小病漸痊，沈秉和先生以《口號葉嘉瑩先生病愈》一詩相贈，步韻奉和

二〇〇七年一月二十日

雪冷不妨春意到，病痊欣見好詩來。但使生機斳未盡，紅蕖還向月中開。

附　沈秉和先生原詩　口號葉嘉瑩先生病愈

雪裏芭蕉心影在，詩人興會踏空來。紅梅莫羡一枝早，更有青蓮次第開。

連日愁煩以詩自解，口占絶句二首，首章用李義山《東下三旬苦於風土馬上戲作》詩韻而反其意；次章用舊作《鷓鴣天》①詞韻而廣其情

二〇〇七年六月

其一

一任流年似水東，蓮華凋處孕蓮蓬。天池若有人相待，何懼扶摇九萬風。

其二

不向人間怨不平，相期浴火鳳凰生。柔蠶老去應無憾，要見天孫織錦成。

注①：參見本書二九三頁。

附　李義山原詩　東下三旬苦於風土馬上戲作

路繞函關東復東，身騎征馬逐驚蓬。天池遼闊誰相待，日日虛乘九萬風。

夢窗詞夙所深愛，尤喜其寫晚霞之句，如其《鶯啼序》之「藍霞遼海沉過雁，漫相思彈入哀箏柱」及《玉樓春》之「海煙沉處倒殘霞，一杼鮫綃和淚織」等句，皆所愛賞。近歲既已暮年多病，更困於家事愁煩忙碌之中，讀之更增感喟，因占絶句一首　二〇〇七年七月

已是桑榆日影斜，敢言遼海作藍霞。暮煙沉處憑誰識，一杼鮫銷滿淚花。

謝琰先生今年暑期在温哥華舉行書法義賣展覽，其中有一小條幅，所寫爲《浮生六記》中芸娘製作荷花茶之事，余性喜荷花，深感芸娘之靈思慧想，因寫小詩一首以美之

二〇〇七年

荷愛濂溪説，茶耽陸羽情。人天有奇遇，雲水證雙清。

悼史樹青學長

二〇〇七年十一月十三日

樹青學長與我爲六十年前同班同學，一九八七年我之《唐宋詞十七講》一書出版時，樹青學長曾爲我撰寫弁言。去歲且曾在京與諸同門歡聚，乃日昨忽接噩報，竟以心疾不

治逝世，詩以悼之。

忽報京華謝老成，頓令魯殿感淒清。療心恨乏三年艾，鑒古曾傳一世名。猶憶歡言如昨日，空留文字想生平。少年同學凋零甚，卮酒中宵北向傾。

葉嘉瑩敬悼，時旅居津門

戊子仲夏感事抒懷絶句三首

二〇〇八年六月

回首流年六十秋，他生休結此生休。桑榆暮景無多日，漫説人間有白頭。

每誦風詩動我思，有無黽勉憶當時。蓼辛荼苦都嚐遍，阻德爲仇信有之。

剩將書卷解沉哀，弱德持身往不回。一握臨歧恩怨泯，海天明月淨塵埃。

奉酬霍松林教授

二〇〇八年十二月二十一日

霍松林教授榮獲終身成就獎，余亦忝列其後，獲贈其詩詞集一册，喜讀其中贈我之五律一章，因憶六十年前往事，口占此絶奉酬。

未曾覿面已知名，六十年前白下城。此日燕京重聚首，唐音又喜誦新聲。

附　霍松林教授原詩　寄葉嘉瑩教授

一九八四年四月

白下悲摇落，登高憶舊詞①。漫嗟如隔世，終喜遇明時。四海飄蓬久，三春會面遲。曲江風日麗，題詠待新詩。

注①：一九四八年秋嘉瑩先生與余同在南京，重九登高，盧冀野師作套曲，余二人各有和章，同在《泱泱》發表，其後盧師俱刻入《飲虹樂府》。

月前返回温哥華後風雪時作，氣候苦寒，而昨日驅車外出，見沿途街樹枝頭已露紅影，因占絕句一首　二〇〇九年四月

早知風雪應無懼，芳訊天涯總不乖。我是歸來今歲早，要看次第好花開。

題友人攝荷塘夕照圖影　己丑荷月

瀲灧波光似酒紅，暮霞如火正燒空。攝取精魂向何處，定教長住水晶宮。

陳洪先生近日惠贈絶句三章及荷花攝影三幅，高情雅誼，心感無已，因賦二絶爲謝　二〇〇九年

《津沽》大賦仰佳篇，論史説禪喜《結緣》。曾爲「行人」理行李，高情長憶卅年前①。

《談詩憶往》記前塵，留夢紅蕖寫未真。攝取「馬蹄湖」上影，荷花生日喜同辰②。

注①：一九七九年來南開講學，臨行前陳洪先生曾親自爲我收拾行李。

注②：我護照上之出生月日與陳先生身份證上之出生月日全同，我的是陰曆，家人以爲此日爲荷花生日。

附　陳洪先生原詩　讀葉嘉瑩先生《談詩憶往》有感而作絶句三章

夜半掩卷，久久不能釋然，有作

才命相妨今信然，心驚歷歷復斑斑。易安絶唱南遷後，菡萏涼生秋水寒。

讀《談詩憶往》重有感二首

北斗京華望欲穿，詩心史筆兩相兼。七篇同谷初歌罷，萬籟無聲夜欲闌。

錦瑟朦朧款款彈，天花亂墜寸心間。月明日暖莊生意，逝水滔滔許共看。

昨日津門大雪，深宵罷讀熄燈後，見窗外雪光瑩然，因念古有囊螢映雪之故實，成小詩絶句一首　二〇一〇年一月四日

人間千古有深知，屈宋秋情子美詩。想見今宵讀書客，囊螢映雪總相思。

病中答友人問行程　二〇一〇年三月十五日

敢問花期與雪期，衰年孤旅剩堪悲。我生久是無家客，羞説行程歸不歸。

送春　二〇一〇年四月

歸來歲歲送春歸，眼見繁英逐日稀。萬紫千紅留不住，可能心志不相違。

讀《雙照樓詩詞稿》有感，口占一絕　二〇一〇年六月十八日

曾將薪釜喻初襟，舉世憑誰證此心。未擇高原桑柞植，憐他千古做冤禽。

題納蘭《飲水詞》絶句三首　二〇一〇年十月

應陳子彬先生之囑。

喜同族裔仰先賢，束髮曾耽絶妙篇。一種情懷年少日，吹花嚼蕊弄冰絃。

混同江水舊知名，獨對斜陽感覆枰。莫向平生問哀樂，從來心事總難明。

經解曾傳通志堂，英年早折詎堪傷。詞心獨具無人及，一卷長留萬古芳。

紀峰先生熱愛雕塑，以真樸之心、誠摯之力，對於藝事追求不已。其成就乃有日進日新之妙。兩年來往返京津兩地多次晤談，並親到講堂聽我講課，近期塑成我之銅像雕塑一座以相饋贈。睹者莫不稱歎，以爲其真

能得形神之妙，因賦七絶二首以致感謝之意

二〇一一年九月温哥華作

我是耄年老教師，談詩論古久成癡。紀君妙手傳心事，塑出升堂欲語時。

萬幻憑誰問果因，餘年老去付微塵。欲將修短爭天地，惠我人間不朽身。

七絶二首

七七級校友將出版畢業三十周年紀念集賦小詩二首　二〇一二年

春風往事憶南開，客子初從海上來。喜見劫餘生意在，滿園桃李正新栽。

依依難別夜沉沉，一課臨岐感最深。卅載光陰彈指過，未應磨染是初心。

壬辰八月初三日八九老人葉嘉瑩寫於南開大學

梅子自臺來訪，晚間與諸生共話一世紀來兩岸滄桑，因得此絶　二〇一二年十一月二十八日

日月難常駐，悲歡不可名。半生滄海客，無限海桑情。

連日塵霾，今朝大雪，口占絶句一首　二〇一三年一月二十日

連日寒雲鬱不開，樓居終日鎖塵霾。豈知一夜狂風後，天舞飛花瑞雪來。

雪後塵霾不散，再占一絶

二〇一三年一月二十二日

依舊寒雲凍不開，樓居仍是鎖塵霾。相思一夜歸何處，夢到蓮花碧水涯。

悼郝世峰先生七絶二首

二〇一三年二月一日

其一

卅年前事記相逢，耿介清嚴見古風。曾向課堂聆講説，義山長吉意相通①。

其二

窮通時遇不由人，才命相妨惜此身。垂死病床留一語，春蠶餘緒未全申②。

注①：一九七九年春我初來南開講學，因想觀摩國内古典詩歌之教學方式，曾在郝世峰、楊成福、王雙啟諸先生課堂上旁聽，當時郝先生正在講授中晚唐詩，對李賀及李商隱二家詩頗有深入之體會。

注②：郝先生早歲值「文革」之亂，一生抑鬱，曾有欲寫回憶録之言，安易等諸及門曾允願協助整理，此次生病住院，諸生前往探視，郝先生對未能達成此意願深感遺憾。

喜聞雲高華市《華章》創刊，友人以電郵索稿，口占二絶

二〇一三年二月四日

其一

誰言久客不思鄉，一片鄉心總未忘。同是飄零江海客，雲城今喜見華章。

其二

當年聯副有前緣，世副鄉情海外牽。更喜華章今日好，雲城相聚譜新篇。

爲南開大學首屆荷花節作

二〇一三年六月十五日

結緣卅載在南開，爲有荷花喚我來。修到馬蹄湖畔住，托身從此永無乖。

口占詩偈一首　二〇一三年七月

天外從知別有天，人生雖短願無邊。枝頭秋老蟬遺蛻，水上歌傳火内蓮。

爲横山書院五周年作　二〇一三年七月

七月四日我自温哥華飛返北京，適湛如法師自日本返國，巧於機場相遇。七月八日法師邀我於法源寺相聚，又適值賤辰初度之日，因憶廿五年前趙樸初丈於廣濟寺邀聚，亦適值賤辰初度之日，真乃殊勝之因緣也。

橫山建書院，講席聚群賢。桃李庭前植，聲名宇内傳。我來真巧合，相遇有奇緣。古寺逢初度，回頭廿五年。

攝影家葉榕漳先生最喜拍攝荷花，其取景採光皆别具眼界迥出流俗。近以其所作一幅荷花相惠贈，意境尤爲敻絶，因題小詩一首以爲答謝

二〇一三年八月三十一日

藍霞掩映萬芙蕖，攝取花魂入畫圖。一片空濛超色相，好從光影悟真如。

絶句一首　二〇一三年九月

逝盡年華似水流，飄蓬早已斷離愁。我是如今真解脱，獨陪明月過中秋。

病中偶占　二〇一四年二月

我生早已斷閒愁，唯有疾來不自由。幸得及門同照顧，餘年此外更何求。

恭王府海棠雅集絶句四首

二〇一四年三月

其一

春風又到海棠時，西府名花別樣姿。記得東坡詩句好，朱唇翠袖總相思。

其二

青衿往事憶從前，黌舍曾誇府第連。當日花開戰塵滿，今來真喜太平年。

其三

花前小立意如何，回首春風感慨多。師友已傷零落盡，我來今亦鬢全皤。

其四

一世飄零感不禁，重來花底自沉吟。縱教精力逐年減，未減歸來老驥心。

返抵南開懷雲城友人

二〇一四年九月

書報平安字，心懷萬里情。明春花事好，相約聚雲城。

「迦陵學舍題記」將付刻石，因賦短歌一首答謝相關諸友人

序曰：嘉瑩一世飄零，四方講學，遲暮之年，有好友憐其老無所依，乃提倡募之說。斯言一出，立即得到温哥華劉女士、澳門沈先生之熱心贊助，又得南開大學校方之大力支持，乃於校園中爲之建構一居所，號曰「迦陵學舍」。既有汪生夢川爲撰「題記」，更得温哥華書法名家謝琰先生以工楷爲之寫定，又得求是山人①之弟子陳維廉先生爲刻方印一枚，使全幅爲之增色。感謝之餘，因賦短歌一首藉表謝忱。歌曰：

謝公書法妙，陳子篆刻精。汪生寫題記，三美一時並。迦陵從此得所棲，讀書講學兩相宜。
學舍主人心感激，喜題短歌樂無極。

錄呈諸友人藉表感激之忱

乙未仲夏葉嘉瑩寫於加拿大之温哥華

注①：求是山人者，温哥華篆刻名家陳風子先生之別號也。陳維廉君爲山人之關門弟子，爲時所稱。

和沈秉和先生

二〇一五年七月

喜見嫣紅入眼來，華筵席上一枝開。螢屏幕面誰題字，喚取花魂水面回。

迦陵乙未仲夏初吉於雲城

附　沈秉和原詩

六月初吉前夕，文友雅聚，不意得荷花甜食一款，因攝下奉寄葉嘉瑩先生，兼題一絶以賀先生華誕。

隨意嫣紅到眼來，風鈴早著一聲開。明窗來日幾篇字，依舊青青水葉回。

奉和沈秉和先生《迎春口號》七絶二首　二〇一六年一月

其一

天行常健老何妨，花落爲泥土亦香。感激故人相勉意，還將初曙擬微陽①。

其二

茶香午夢醒還疑，蓮實千春此意癡。待向何方賦歸去，依然尼父是吾師。

注①：李商隱《燕台四首·春》：「醉起微陽若初曙。」

附　沈秉和原詩　迎春口號：歲暮訪得貴州高原緑寶石茶，喜奉葉嘉瑩先生，兼呈二絶

茶新人老未相妨，與物爲春自在香。杯茗浮來雙鬢緑，北窗猶自待初陽。

是形是影盡堪疑，負手看雲賦得癡。乎也焉哉皆骨馭，少師拜了是吾師①。

注①：柳公權曾任太子少師，後人因號柳少師。唐宣宗珍愛柳公權之墨寶，曾召柳公權到殿前作書，柳公權用真書

在一張紙上寫了「衛夫人傳筆法於王右軍」十字；用行書在一張紙上寫了「永禪寺真草千字文得家法」十一字；用草書在一張紙上寫了「謂語助者焉哉乎也」八字。

代友人作爲謝琰先生祝壽詩

二〇一六年

門前桃李早成行，架上常飄翰墨香。朗月流暉光满地，人天同願頌康强。

雨後　二〇一六年七月

暮天一碧剩殘虹，風雨都如一夢中。客子身強當日事，老懷孤絶更誰同。

木蘭①　二〇一六年七月

加拿大不列顛哥倫比亞大學受業弟子贈我木蘭一株，因題小詩以記之。

杏壇植嘉樹，花開似芙蓉。化雨春常在，詩心一脈通。

注①：亦名辛夷，花似荷花，王維詩所謂「木末芙蓉花」者也。

近日爲諸生講説吟誦，偶得小詩一首　二〇一七年六月

來日難知更幾多，剩將餘力付吟哦。遙天如有藍鯨在，好送餘音入遠波。

驚聞楊敏如學姊逝世口占小詩一首聊申悼念之情　二〇一七年十二月

追念同門友，淒涼無一存。健談吾姊最，今後與誰論。

詩教 二〇一八年十一月三日

中華詩教播瀛寰，李杜高峰許再攀。已見舊邦新氣象，要揮彩筆寫江山。

接奉沈先生小詩口占一絶爲答 二〇一八年十一月十五日

廿載光陰容易逝，濠江一晤許相知。暮年難定他時約，珍重當前一首詩。

附　沈先生原詩　晴沙白鷺

翩翩斂翼認南枝，曉步晴沙又別茲。爾我相存念一刹，後身容肯共裁詩。

友人惠傳海濱鷗鳥圖，口占一絕

二〇一八年十一月二十五日

此身老去已龍鍾，日日高樓閉鎖中。忽見畫圖心振起，便隨鷗鳥入晴空。

詞稿

採桑子二首　一九七七年

途經大寨，聞有西水東調之工程即將竣事。欲往參觀，以天雨未果。口占小詞二闋，聊誌所感。

我生一世多憂患，惆悵啼鵑。長恨人間。逝水東流去不還。　忽聞西水能東調，移去高山。造出平原。始信人間別有天。

兒時只解吟風月，夢影雖妍。世事難全。茹苦終生筆欲捐。　而今卻悟當初錯，夢覺新天。餘燼重燃。試譜新聲戰鬥篇。

金縷曲

周總理冥誕作　一九七八年

萬衆悲難抑。記當年、大星殞落，漫天風雪。佇立街頭相送處，忍共斯人長訣。況遺恨、跳梁未滅。多少憂勞匡國意，想臨終、滴盡心頭血。有江海，爲嗚咽。　而今喜見春風發。掃陰霾、冰澌蕩盡，百花紅綴。待向忠魂齊獻壽，悵望雲天寥闊。算只有、姮娥比潔。一世衷懷無私處，仰重霄、萬古懸明月。看此際，清光澈。

水龍吟

秋日感懷温哥華作　一九七八年

滿林霜葉紅時，殊鄉又值秋光晚。征鴻過盡，暮煙沉處，憑高懷遠。半世天涯，死生離別，蓬飄梗斷。念燕都臺嶠，悲歡舊夢，韶華逝，如馳電。一水盈盈清淺。向人間、做成銀漢。閲牆兄弟，難縫尺布，古今同嘆。血裔千年，親朋兩地，忍教分散。待恩仇泯没，同心共舉，把長橋建。

水調歌頭

秋日有懷國内外各地友人

月夜有懷大陸、臺灣地區及美東、劍橋諸地友人，賦此共勉。

天涯常感舊，江海隔西東。月明今夜如水，相憶有誰同。燕市親交未老，臺島後生可畏，意氣各如虹。更念劍橋友，卓犖想高風。　雖離别，經萬里，夢魂通。書生報國心事，吾輩共初衷。天地幾回翻覆，終見故園春好，百卉競芳叢。何幸當斯世，莫放此生空。

踏莎行

一九七八年冬

近寫《水龍吟》及《水調歌頭》諸詞，或以爲氣類蘇辛，不似閨閣之作，因倣稼軒之效李易安體，爲小詞數首。惟是詞體雖效古人，詞情則仍爲作者所自有耳。

黄菊凋殘，素霜飄降。他鄉不盡凄涼況。丹楓落後遠山寒，暮煙合處空惆悵。　雁作人書，雲裁羅樣。相思試把高樓上。只緣明月在東天，從今惟向天東望。

西江月

昨夜月輪又滿，經時音信無憑。怪他青鳥誤雲程。日日心期難定。　已報故園春早，春衫次第將成。莫教風雨弄陰晴。珍重護花旛勝。

臨江仙

惆悵當年風雨，花時橫被摧殘。平生幽怨幾多般。從來天壤恨，不肯對人言。

葉落漫隨流水，新詞寫付誰看。惟餘鄉夢未全删。故園千里外，休戚總相關。

浣溪沙

搖落西風幾夜涼。滿林寒葉已驚霜。天涯誰賞菊花黃。
別後故人存舊約，夢回梁月有餘光。雁聲迢遞碧天長。

金縷曲

有懷梅子臺灣　一九七八年

難忘臨歧際。賦離歌，短詩數首，盈襟別意。世事茫茫從此去，明日參商萬里。歎聚散、匆匆容易。自信平生蕭瑟慣，甚新來、歲晚憐知己。沉思處，憑誰會。
高山流水鍾期誼。曾共話、夷齊列傳，馬遷心事。惆悵胸中家國恨，幾度暗傷憔悴。剩遲暮、此心未已。若遂還鄉他日願，約重逢、聚首京華裏。然諾在，長相記。

水龍吟

友人梅子於前歲返臺服務，日前驅車外出，偶經其舊居之地，緬想昔遊，賦此寄之。

舊遊街巷重經，故人此日天涯遠。門庭草樹，高樓燈火，依前在眼。聚散無憑，幾回離別，歲華驚晚。對寒天暮景，追思往事，空相憶，都成幻。　　記得激情狂辯。每憐君、志高量淺。豈知歸去，關心鄉土，胸襟大展。近日書來，英才作育，壯懷無限。約春風吹放，故園桃李，向花前見。

鷓鴣天

老去相逢更幾回。人間別久信堪哀。繁花又向天涯發，明月還從海上來。　山斷續，水縈迴。白雲天遠動離懷。年年斷送韶華盡，誰共傷春酒一盃。

西江月三首

一九七九年旅遊途中戲作

萬里歸國客子，西安三度重遊。再來有約願終酬。愛此山川如繡。　昨夜一場風雨，今晨天氣如秋。沿途集市值公休。處處人車輻輳。

甜瓜或黄或緑，豬隻大耳肥頭。小葱滿地積如丘。更喜蕃茄紅透。　指點沿途景物，灃河渭水長流。漢唐古史已千秋。惟有青山依舊。車裏笑聲時起，相聲對口如流。浮瓢比做老僧頭。座有嘉賓善謔。

談興豪情萬丈，詩才傾瀉如油。西江月好韻滑熟。楊老新詞初就。

水龍吟

一九七九年四月偶於故都一書畫展覽會中，得見范曾先生所繪之屈原像一幅，用筆沉鬱而神采飛動，恍如睹屈子千秋風貌。正瞻賞間，遽爲管理人員取下，云已爲一日本旅客購得矣。既歸而念之不置，因賦此詞。

半生想像靈均，今朝真向圖中見。飄然素髮，翛然獨往，依稀澤畔。呵壁深悲，紉蘭心事，崑崙途遠。哀高丘無女，衆芳蕪穢，憑誰問，湘纍怨。　異代才人相感。寫精魂、凜然當面。杖藜孤立，空回白首，憒懷無限。哀樂相關，希文心事，題詩堪念①。待重滋九畹，再開百畝，植芳菲遍。

注①：圖上題詩有「希文憂樂關天下」之句。

八聲甘州

一九七九年春夏之交，在南開大學中文系講課兩月，蒙全系師生以熱誠相待，感愧良多，臨行復舉行歡送會，並以紀念禮物多種相贈，其中有范曾先生所繪屈原像一幅，尤所深愛。感激之餘，因賦此詞。

想空堂素壁寫歸來，當年稼軒翁。算人生快事，貴欣所賞，情貌相同。一幅丹青贈我，高誼比雲隆。珍重臨歧際，可奈匆匆。　試把畫圖輕展，驀驚看似識，楚客遺容。帶陸離長鋏，悲慨對回風。別津門、攜將此軸，有靈均、深意動吾衷。今而後、天涯羈旅，長共相從。

水調歌頭

題美國麻省大學梁恩佐教授繪《國殤圖》

死有泰山重，亦有羽毛輕。開緘對子圖畫，百感一時并。幾筆綫條勾勒，繪出英魂毅魄，悲憤透雙睛。楚鬼國殤厲，氣壯動蒼冥。　挾秦弓，帶長劍，意縱橫。槍林彈雨經遍，血染戰袍腥。自古無人曾免，偏是江淹留賦，寫恨暗吞聲。何日再相見，重與話平生。

水龍吟

畫家范曾爲清代名詩人范伯子之後，家學淵源，善吟誦古典詩詞，曾以吟詩録音帶一卷相贈，賦此爲謝。

一聲裂帛長吟，白雲舒卷重霄外。寂寥天地，憑君喚起，騷魂千載。渺渺予懷，湘靈欲降，楚歌慷慨。想當年牛渚，泊舟夜詠，明月下，詩人在。　多少豪情勝概。恍當前、座中相對。杜陵沉摯，東坡超曠，稼軒雄邁。異代蕭條，高山流水，幾人能會。喜江東范子，能傳妙詠，動心頭籟。

水龍吟

題《嵇康鼓琴圖》

分明紙上琴音，風神千古嵇中散。五絃揮處，也曾目送，飛鴻意遠。豐草長林，平生心志，未堪羈絆。想巖巖傲骨，睥睨朝士，柳陰下，當年鍛。　正復斯人不免。畫圖中、憤懷如見。古今多少，當權典午，肯容狂狷。流水高山，廣陵一曲，此情誰展。有劉伶善飲，舉盃在手，寄無窮感。

水龍吟

題范曾先生繪孟浩然畫像

浩然正副斯名，風流想見當年貌。清芬願挹，謫仙太白，也曾傾倒。河漢微雲，梧桐疏雨，佳篇清妙。問先生何事，鹿門竟出，也奔向、長安道。　可奈家貧親老。更秋江、北風寒早。峴山登處，羊公碑在，幾番憑弔。難問迷津，空悲白髮，枉尋芳草。喜千秋能寫，頽然醉態，有丹青好。

沁園春

題友人贈《仕女圖》

萬里相邀，來看畫圖，豪士如君。記古都當日，未曾覿面，神交便許，驚識靈均。半載暌違，一朝重見，筆底煙霞更有神。飛揚處，聽狂言驚座，意興干雲。　偶然繪做佳人。露半面、愁容寫未真。看青松影下，單寒翠袖，手中詩卷，花上啼痕。潑墨張顛，揮毫風雨，幻出雲鬟霧鬢身。蒙持贈，向天涯攜往，伴我清吟。

沁園春

題《曹孟德東臨碣石圖》

魏武當年，碣石登臨，慷慨作歌。想洪波浩蕩，秋風蕭瑟，英雄相對，此意如何。憑仗白描，傳神妙筆，繪出悲涼萬感多。揚鞭指，望天涯盡處，攬轡山河。　難禁歲月銷磨。奈橫槊、豪情兩鬢皤。嘆神龜雖壽，終年有竟，一朝灰土，枉説騰蛇。老驥雖衰，猶存壯志，千里長途有夢過。須珍惜，趁風華正茂，直上嵯峨。

踏莎行

一九八〇年春，偶於席上遇一女士云能以姓名爲人相命，謂我於五行得水爲最多，既可如盃水之含斂靜止，亦可如江海之洶涌澎湃，戲爲此詞，聊以自嘲。

一世多艱，寸心如水。也曾局囿深盃裏。炎天流火劫燒餘，藐姑初識真仙子。　谷内青松，蒼然若此。歷盡冰霜偏未死。一朝鯤化欲鵬飛，天風吹動狂波起。

鵲踏枝

一九八〇年

余昔年在臺灣講唐宋詞，有女同學某君謂，詞中所寫丁香、海棠，格韻馨逸，惜臺嶠無之，未獲親睹。其後旅遊來温哥華，時值芳春，繁英如錦。因相與驅車周覽，遍賞諸花，且告以此所見者與古人詞中所寫中土之花樹無異。某君聞而神往，於是有聚首京華之約。歲月易得，别來行復三年，撫事懷人，因賦此解。

記得當年花爛漫。長日驅車，直欲尋春遍。一自別來時序換。人間幾處滄桑變。　又見東風牽柳綫。聚首京華，此約何年踐。惆悵花前心莫展。一灣水隔天涯遠。

水龍吟

友人來書寫黄山之勝

畫師隔海書來，開緘如對煙嵐翠。新來消息，憑君細寫，山中幽意。始信峰前，飛來石畔，登臨未已。想青松萬壑，迴飆激蕩，吟嘯處，飛雲起。　鋪展長箋巨筆。儘揮灑淋漓元氣。蒼崖老樹，嶔崎傲兀，眼中心底。惆悵吾生，征塵催老，枉悲泥滓。想杜陵詩句，青鞋布襪，待何時始。

水龍吟

紅樓夢研究會紀事（大會由周策縱教授主持，於威斯康辛大學召開）　一九八〇年

周公吐哺迎賓，紅樓盛會明湖畔①。癡人多少，相逢説夢，高談忘倦。血淚文章，憑誰解會，疑真疑幻。甚蒼天未補，奇書未竟，向千古，留長憾。　聆取座中雄辯。喜天涯、聚茲群彦。論文度曲，題詩作畫，長才各展。開卷頭回，一番相聚，結緣不淺。向臨歧惜别，叮嚀後會，約他年見。

注①：周策縱教授即席賦詩，有「明月一勺測汪洋」之句，有注云：「陌地生二大湖，有日湖、月湖之稱，予嘗共呼曰明湖。」因沿用之。

玉樓春

有懷梅子臺灣　一九八〇年九月

天涯聚散真容易。別後驚心時序異。幾行征雁去無還，一樹霜楓紅欲醉。　高樓向晚成孤倚。遠水遙山無限意。天邊明月又團圓，人間何日重相會。

鵲踏枝

一九八〇年

玉宇瓊樓雲外影。也識高寒，偏愛高寒境。滄海月明霜露冷。姮娥自古原孤另。　誰遣焦桐燒未竟。斲作瑤琴，細把朱絃整。莫道無人能解聽。恍聞天籟聲相應①。

注①：「聽」字及「應」字，均讀去聲。

鵲踏枝

一九八〇年

晚唐詩人李義山與温庭筠同時，温爲當時詞壇之重要作者，李之詩作雖有意境頗近於詞者，然卻並無詞作，友人有頗以爲憾者，因用義山詩句爲小詞一首。

鬗鎖金蟾銷篆印①。四壁霜華②，重叠相交隱。小院紅英飛作陣③。芳根中斷芳心盡④。羽客多情相問訊⑤。冉冉風光⑥，疑見嬌魂近。雲漢長河千古恨。人天只有相思分⑦。

注①：見義山《無題》詩「金蟾鬗鎖燒香入」。

注②：見義山《燕臺》詩「凍壁霜華交隱起」。

注③：見義山《落花》詩「小園花亂飛」。

注④：見義山《燕臺》詩「芳根中斷香心死」及《落花》詩「芳心向春盡」。

注⑤：見義山《燕臺》詩「蜜房羽客類芳心」。

注⑥：見義山《燕臺》詩「風光冉冉東西陌，幾日嬌魂尋不得」。

注⑦：見義山《西溪》詩「人間從到海，天上莫爲河」。

西江月

陽平關下作

久慕蜀都山水，一朝入蜀成行。中宵坐起待天明。殘月一彎秦嶺。　曙色依稀入眼，車聲隱隱初停。陽平關下曉風清。天外兩三星影。

鵲踏枝　一九八一年六月

杜甫學會後有懷西蜀友人。樊城即加拿大之温哥華。

花樹樊城長陌滿。歲歲春來，處處花開遍。今歲花開人正遠。歸來已是韶光换。　賴有鵑叢芳意晚。過了端陽，才放朱英展。卻憶繁紅西蜀見。風煙萬里情何限。

點絳脣　一九八一年十一月天津作

回首生哀，淒涼往事憑誰訴。雨朝風暮。零落無人護。　一闋新詞，絶似招魂賦。甘芳露。心頭滴處。留得春長駐。

蝶戀花

一九八二年六月成都作

盼得春來春又暮。九十韶光，欲盡留難住。百尺遊絲空際舞。殷勤此意如何訴。　　幾處陰濃樓外樹。日日樓頭，望斷行人路。風雨摧花誰做主。新來陡覺飄零苦。

鷓鴣天

一九六六年應哈佛大學之聘，自臺灣攜二女言言及言慧赴康橋，賃居於燕京圖書館附近一小巷内，每日經過威廉·詹姆士樓之下，當時曾寫《菩薩蠻》小詞一首，有「西風何處添蕭瑟。層樓影共孤雲白。樓外碧天高。秋深客夢遥」之句。一九八二年，再至哈佛，偶經舊居之地，街巷依然，而長女言言離世已六年之久矣，感慨今昔，因賦此闋。

死別生離久慣諳。艱辛歷盡幾波瀾。挈家去國當年事，滄海沉珠竟不還。　樓影外，碧雲天。康橋景物尚依然。漫誇客子身猶健，誰識心頭此夕寒。

水龍吟

壬戌中秋前夕有懷故人

天涯又睹清光，姮娥伴我飄零久。陰晴歷遍，常圓無缺，幾時能夠。北國春宵，南臺秋夜，亂離經後。算他鄉遲暮，韶華一往，對明月，空搔首。　涼露蒼苔濕透。立多時、寒生衣袖，長暉萬里，願隨流照，故人知否。當日高樓，闌干同倚，此情依舊。願加餐共勉，千秋志業，向他年就。

浣溪沙

一九八二年十月

繆彦威前輩教授以手書《相逢行》長歌見贈，有「鳳凰凌風來九天，梧桐高聳龍門巔。百年身世千秋業，莫負相逢人海間」之語，賦此爲謝。

尺幅珍懸字字珠。長歌鄭重手親書。相逢深誼定何如。　雲外九天來鳳鳥，龍門百尺立高梧。人間真有勝緣殊。

減字木蘭花

一九八二年十一月

天涯秋老。葉落空階愁未掃。獨下中庭。爲看長空月影明。　此心好在。縱隔滄溟終不改。

夜夜西風。萬里鄉魂有路通。

滿庭芳

一九八三年春寫於温哥華

一九七七年友人梅子自加拿大回臺任教，臨行前曾有他年共遊京華之約。去歲余利用休假機會，曾回國居住一年之久，而梅子因身在臺灣，不僅不能前來相聚，更因兩地不能通郵，音問遂完全斷絶。今年春梅子自臺來訪，小住三周，臨行前賦此贈别。

櫻蕊初紅，柳枝才緑，天涯再度輕分。久經離别，小聚未三旬。回首年時此際，正消息、阻隔音塵。空懷想，君羈臺海，惆悵對燕雲。　今春。相見處，依然異域，舊約重論。願攜手京華，有日成真。且向花前水畔，追往事、共覓遊痕。難追是，流光不返，白髮鬢邊新。

蝶戀花

一九八三年三月

愛向高樓凝望眼。海闊天遥，一片滄波遠。彷佛神山如可見。孤帆便擬追尋遍。

明月多情來枕畔。九畹滋蘭，難忘芳菲願。悄息故園春意晚。花期日日心頭算。

浣溪沙

已是蒼松慣雪霜。任教風雨葬韶光。卅年回首幾滄桑。

自詡碧雲歸碧落，未隨紅粉鬥紅妝。餘年老去付疏狂。

木蘭花慢

詠荷　一九八三年九月

《爾雅》曰：「荷，芙蕖。其莖茄，其葉蕸，其本蔤，其華菡萏，其實蓮，其根藕，其中的，的中薏。」蓋荷之爲物，其花既可賞，根實莖葉皆有可用，百花中殊罕其匹。余生於荷月，雙親每呼之爲「荷」，遂爲乳字焉。稍長，讀義山詩，每誦其「荷葉生時春恨生，荷葉枯時秋恨成」①，及「何當百億蓮花上，一一蓮花現佛身」②之句，輒爲之低迴不已。曾賦五言絶《詠蓮》小詩一首云：「植本出蓬瀛，淤泥不染清。如來原是幻，何以度蒼生。」其後幾經憂患，輾轉飄零，遂羈居加拿大之温哥華城。此城地近太平洋之暖流，氣候宜人，百花繁茂，而獨鮮植荷者，蓋彼邦人士既未解其花之可賞，亦未識其根實之可食也。年來屢以暑假歸國講學，每睹新荷，輒思往事，而雙親棄養已久。嘆年華之不返，感身世之多艱，悵觸於心，因賦此解。（篇内「飄零」、「月明」、「星星」諸句，皆藏短韻於句中，蓋宋人及清人詞律之嚴者，皆往往如此也。至於「愁聽」之「聽」字則並非韻字，在此當讀去聲。）

花前思乳字，更誰與，話生平。悵卅載天涯，夢中常憶，青蓋亭亭。飄零自懷羈恨，總芳根、不向異鄉生。卻喜歸來重見，嫣然舊識娉婷。　月明一片露華凝。珠淚暗中傾。算淨植無塵，化身有願，枉負深情。星星鬢絲欲老，向西風、愁聽佩環聲。獨倚池闌小立，幾多心影難憑。

注①：見《暮秋獨遊曲江》。

注②：見《送臻師二首》其二。

水調歌頭

賀周士心教授八秩壽慶畫展　一九八三年

雲城有高士，三絶擅嘉名，舊學吴門溯往，通悟本天成。細草微蟲寄興，遠岫長川寫意。神志接滄溟，展紙揮毫處，衆類眼中明。　攜書册，萬里路，五洲行，開筵設帳，拓開新徑有傳承。《兩岸》峯巒疊翠，《百石》玲瓏多致①。相對坐移情，八十未云老，琴瑟正和鳴。

注①：《兩岸》及《百石》皆爲周教授畫册之名。

浣溪沙

連夕月色清佳，口占此闋　一九八三年九月

無限清暉景最妍。流光如水復如煙。一輪明月自高懸。　已慣陰晴圓缺事，更堪萬古碧霄寒。

人天誰與共嬋娟。

生查子　一九八五年一月

飄泊久離居，歲晚歡娱少。連夜北風寒，雪滿天涯道。　今日喜顔開，乍覺新晴好。爲有遠人書，來報梅花早。

瑤華　一九八八年七月北京作

戊辰荷月初吉，趙樸初先生於廣濟寺以素齋折簡相邀，此地適爲四十餘年前嘉瑩聽講《妙法蓮華經》之地，而此日又適值賤辰初度之日，以茲巧合，棖觸前塵，因賦此闋。

當年此刹，妙法初聆，有夢塵仍記。風鈴微動，細聽取、花落菩提真諦。相招一簡，喚遼鶴、歸來前地。回首處紅衣凋盡，點檢青房餘幾。　因思葉葉生時，有多少田田，綽約臨水。猶存翠蓋，剩貯得、月夜一盤清淚。西風幾度，已换了、微塵人世。忽聞道九品蓮開，頓覺癡魂驚起①。

注①：是日座中有一楊姓青年，極具善根，臨别爲我誦其所作五律一首，有「待到功成日，花開九品蓮」之句，故末語及之。

附　趙樸初先生和作前調

光華照眼，慧業因緣，歷多生能記。靈山未散，常在耳、妙法蓮花真諦。十方嚴淨，喜初度、來登初地。是悲心參透詞心，並世清芬無幾。　靈臺偶託靈谿①，便翼鼓春風，目送秋水。深探細索，收滴滴、千古才人殘淚。悲歡離合，重疊演、生生世世。聽善財偈頌功成，滿座聖凡興起。

注①：「靈谿」指所撰《靈谿詞説》。

水調歌頭（降龍曲）

己巳孟春爲友人戲作

幽谷有龍孽，利爪更蟠紋。住向惡潭深底，妄念起風雲。時復昂然怒嘯，慣喜盤蹲作勢，桀傲性難馴。佛説如來法，充耳未曾聞。　變蟲沙，經劫化，認前身。不須文字，記傳衣缽在胥分。聽取海潮音發，飛落滿天花雨，方識釋迦尊。回向蓮臺下，光景一番新。

木蘭花令

一九八九年美國哈佛作

人間誰把東流挽。望斷雲天都是怨。三春方待好花開，一夕高樓風雨亂。　林鶯處處驚飛散。滿地殘紅和淚濺。微禽銜木有精魂，會見桑生滄海變。

浣溪沙 一九九三年

一任生涯似轉蓬。老來遊旅興偏濃。驅車好趁九秋風。　兩岸霜林夾碧水，一彎橋影落長虹。無邊景色夕陽中。

虞美人三首 初抵新加坡紀事　一九九四年

其一

我生久作天涯客。無復傷飄泊。新來更喜到獅城。處處南天風物眼中明。　九重朱葛層樓外。顏色常無改。愛它花好不知愁。一任年光流逝忘春秋。

其二

新交故雨知多少。總是相逢好。卅年桃李舊時春。此日天涯重見倍情親。　學宮肯特岡頭上。
日日頻來往。回廊迢遞上層階。自喜登臨腰腳未全衰。

其三

所居地在盤丹谷。緑樹連層屋。高樓簾幕日飛揚。好是驚雷雨過晚風涼。　樓前車水如潮涌。
聲撼樓闌動。深宵人靜月華開。疑聽錢塘江水夢中來。

鷓鴣天

二〇〇〇年

庚辰九月既望之夜，長河影淡，月華如水，小院閒行，偶成此闋。

似水年光去不停。長河如聽逝波聲。梧桐已分經霜死，幺鳳誰傳浴火生。　花謝後，月偏明。夜涼深處露華凝。柔蠶枉自絲難盡，可有天孫織錦成。

鷓鴣天

二〇〇〇年

偶閱黛安・艾克曼（Diane Ackerman）女士所寫《鯨背月色》（*The Moon by Whale Light*）一書，謂遠古之世海洋未被污染以前藍鯨可以隔洋傳語，因思詩中感發之力，其可以穿越時空之作用蓋亦有類乎是，昔杜甫曾有「摇落深知宋玉悲」①之言，清人亦有以「滄海遺音」②題寫詞集者，因賦此闋。

廣樂鈞天世莫知。伶倫吹竹自成癡。郢中白雪無人和，域外藍鯨有夢思。　明月下，夜潮遲。微波迢遞送微辭。遺音滄海如能會，便是千秋共此時。

注①：見《詠懷五首》其二。

注②：清朱孝臧輯有《滄海遺音集》十三卷，收入龍榆生一九三三年彙編《彊村遺書》。

鷓鴣天　二〇〇一年

友人寄贈「老油燈」圖影集一册，其中一盞與兒時舊家所點燃者極爲相似，因憶昔年誦讀李商隱《燈》詩，有「皎潔終無倦，煎熬亦自求」及「花時隨酒遠，雨後背窗休」之句，感賦此詞。

皎潔煎熬枉自癡。當年愛誦義山詩。酒邊花外曾無分，雨冷窗寒有夢知。　人老去，願都遲。驀看圖影起相思。心頭一焰憑誰識，的歷長明永夜時。

浣溪沙

爲南開馬蹄湖荷花作。

又到長空過雁時。雲天字字寫相思。荷花凋盡我來遲。　蓮實有心應不死，人生易老夢偏癡。千春猶待發華滋。

浣溪沙

新獲蓮葉形大花缸，喜賦。

蓮露凝珠聚海深。石根縈藻繫初心。紅蕖留夢月中尋。　翠色潔思屈子服，水光清想伯牙琴。寂寥天地有知音。

浣溪沙

近日爲諸生講授白石《暗香》、《疏影》諸詞，其情思在隱約綿緲之間，因占此闋。

休道襟懷慘不温。小窗横幅有餘春。當年枉向夢中尋。　天外雲鴻能作字，水中霞影亦成文。

人天雲水爲招魂。

金縷曲

二〇〇一年

澳門實業家沈秉和先生熱心中華文化，雅愛詩詞，自謂早在七十年代初即曾因偶閲拙作有所感發，去歲澳門大學舉辦國際詞學會議，筵前初識，即慨然捐資人民幣百萬予南開大學我所創設之中華古典文化研究所，爲推廣詩詞教學之用。近日沈君又計劃更創新業，其意願固仍在以營利所得爲從事文化事業之用也。沈君才質敏慧，經常撰寫文稿在港澳報刊發表，間亦寫作小詩，其文筆詩情皆有可觀，性嗜飲茶，一杯在手，神遊物外，雖經營世務而有出世之高情，其資秉志意皆有過人之處，南開校方囑題此詞以表謝意。

記得初相識。正濠江、詞壇高會，嘉賓雲集。多謝主人安排定，坐我與君同席。承相告、卅年前日。偶閱拙篇興感發，似雲開、光影窺明月。百年遇，一朝夕。　陶朱事業能行德。況端木、論詩慧解，清才文筆。傾蓋千金蒙一諾，大雅扶輪借力。看天海、飛鵬展翼。偏有高情塵世外，伴明燈、嗜讀茶香側。多少意，言難説。

鷓鴣天　贈沈秉和先生

記得濠江識面時。千金一諾許相知。陶朱重友能行德，端木多才善解詩。　新志業，舊心期。每從文筆顯風儀。扶輪大雅平生願，一盞茶香有所思。

金縷曲　二〇〇一年

辛巳之春，予應邀至哥倫比亞大學客座講學。抵達紐約後，東亞系主任王德威教授邀宴相聚，座中得見夏志清教授。予與夏公在二十世紀六十年代中期曾於百慕大及貞女島兩次中國文學國際會中相晤，此次再度相逢，夏公告我其八旬壽辰甫過，向我索詞爲祝，因賦此闋。

八十稱眉壽。看筵前、夏公未老，童心依舊①。三十四年都一瞬，歲月驚心馳驟。記當日、文章詩酒。百慕貞娘雙島會，聚群賢、多少屠龍手②。悠笑謔，唯公有。　古今説部衡量就。論錢張、圍城難並，傾城難偶③。一語相褒評説定，舉世同瞻馬首。更作育、青年才秀。一代學壇師友盛，祝長年、我落他人後。歌金縷，捧金斗。

注①：夏公有老頑童之稱。

注②：當年參加兩會之學者有美國之海陶瑋、謝迪克、白芝、陳士驤、劉若愚、周策縱諸教授，歐洲之霍克斯、侯思孟二教授，日本之吉川幸次郎等，皆爲漢學界之名人。

注③：夏公撰小説史曾大力讚揚錢鍾書之《圍城》及張愛玲之《傾城之戀》兩部作品。

水調歌頭

二〇〇六年五月六日

度假歸來戲作録示同遊諸友。

風物云城美，首夏氣清和。良辰爭忍輕負，遊興本來多。況有卅年詩友，屋宇相望居近，平日屢相過。結伴登遊艇，同唱舞雩歌。　賽提斯，鹽泉島，儘婆娑。屋前緑樹，屋後潮汐水生波。今夜談詩已晚，明日趁墟須早，嘉會意如何。極目海天遠，霞影織雲羅。

思佳客

賀梁珮、陶永强夫婦銀婚　二〇〇六年七月

好合今逢廿五春。百年佳耦愛常新。孟光舊誼稱桃李，得配伯鸞譯筆新。　烹美食，誦詩文。人間樂事正無垠。我生何幸得交識，屋宇相望更喜鄰。

蝶戀花

二〇一一年十一月

早歲憂患之中讀靜安先生《苕華詞》曾深受感動並由此引發而寫有《幾首詠花的詩》一文對《詩·苕之華》一篇「知我如此，不如無生」及「民可以食，鮮可以飽」諸句，深有戚戚之感，今日重讀《苕華詞》，適值天象有流星雨之出現，機緣湊泊偶成此詞。

記得苕華當日句。細馬香車，夢裡曾相遇。誰遣葉生花謝去。人天終古無憑據。　孤磬遙空如欲語。試上高峰，偏向紅塵覷。豈有星辰能摘取。淒涼一夜西樓雨。

水龍吟

二〇一二年春

己未春余曾爲北京碧雲寺所展之《屈子行吟圖》賦《水龍吟》長調，後因偶然機緣，由該詞而得識該圖之作者范曾先生，至今已三十又三年矣。壬辰春，加拿大阿爾伯塔大學擬贈范先生榮譽博士學位，余再賦《水龍吟》一闋爲賀。

洛基山畔名庠，百年留得斯文在。臨流枕碧，潺湲似訴，真詮千載。正學宏開，東西互鑒，兼收同采。引江東奇士，能摶十翼，扶搖起，來天外。　猶記京華初識，爲騷魂，共鳴心籟。

嵩高天闊，紉蘭香遠。滄桑無改，情通今古，原無疆界。待如椽大筆，長虹寫就，架茫茫海。

金縷曲

爲二〇一三年西府海棠雅集作　二〇一三年三月十一日

嘉瑩幼長於北京，於一九四一年考入輔仁大學，在女院恭王府舊址讀書，府邸之後花園内有海棠極茂，號稱西府海棠。每年清明前後，自校長陳援庵先生以下，與文史各系教師往往聚會其中，各題詩詠。而當時正值盧溝橋事變之後，北京處於淪陷區内，是以諸師之作常有「傷時例托傷春」之句。於今回思，歷時蓋已有七十二年之久矣。嘉瑩一生飄泊海外，近日接獲恭王府管理中心之函件聯繫，獲知在去歲壬辰之春，恭王府中曾有西府海棠之會，囑爲題詠。值兹盛世，與七十二年前相較，中心感慨，欣幸不能自已。爰題金縷一曲，以誌其盛。

事往如流水。憶昔年、黌宮初入，青春年紀。學舍正當西海側，草樹波光明媚。有小院、天香題記。豔説紅樓留夢影，覓遺蹤、原是前王邸。府院内，園林美。　古城當日煙塵裏。每花開、詩人題詠，因花寄意。把酒行吟遊賞處，多少滄桑涕淚。都寫入、傷春文字。七十二年彈指過，我雖衰、國運今興起。恣宴賞，海棠底。

水龍吟　二〇一六年三月

二〇一五年秋，南開大學迦陵學舍落成，北京恭王府友人移植府中瞻霽樓前之海棠二株相贈。瞻霽樓者，我昔年在輔大女校讀書時女生宿舍之所在也。悵觸前塵，感賦此詞，並向恭王府友人致感謝之意。

迦陵學舍初成，迎來王府雙姝媚。長車遠送，良辰共詠，桃夭歸妹。沽水縈迴，燕雲綿渺，意牽情系。想古城舊邸，南開新寓，身總在，黌宮裡。

老我飄零一世。喜餘年、此身得寄。鄉根散木①，只今仍是，當年心志。師弟承傳，詩書相伴，歸來活計。待海棠開後，月明清夜，瞻樓頭霽。

注①：鄉根散木，一九七九年作《贈故都師友絶句十二首》其十二曾云：「構廈多材豈待論，誰知散木有鄉根。書生報國成何計，難忘詩騷李杜魂。」

附録一　應酬文字

顧羨季先生五旬晉一壽辰祝壽籌備會通啟

一九四七年

蓋聞春回閬苑，慶南極之烜輝，詩詠閟宫，頌魯侯之燕喜。以故麥丘之祝，既載齊庭，壽人之章，亦播樂府。誠以嘉時共樂，壽考同希。此在常人，猶申祝典。况德業文章如我夫子羨季先生者乎。先生存樹人之志，任秉木之勞。卅年講學，教布幽燕，衆口絃歌，風傳洙泗。極精微之義理，賅中外之文章。偶言禪偈，語妙通玄，時寫新詞，霞真散綺。寒而毓翠，秀冬嶺之孤松；望在出藍，惠春風於細草。今歲二月二日即夏曆丁亥年正月十二日，爲我夫子五旬晉一壽辰。而師母又值四旬晉九之歲，喜逢雙壽，并在百齡。樂嘉耦之齊眉，頌君子之偕老。花開設帨，隨淑氣以俱欣；鳥解依人，感春風而益戀。凡我同門，並沐菁莪之化，常存桃李之情，固應躋堂晉拜，侑爵稱觴。欲祝嘏之千秋，願聯歡於一日。尚望及門諸彥，共襄斯舉，或抒情抱，或貢詞華。但使德教之昌期，應是同門之慶幸。日之近矣，跂予望之。

挽外曾祖母聯

一九四〇年作，時年十六

憶昔年覓棗堂前，仰承懿訓，提耳誨諄諄。何竟仙鶴遄飛，寂寞堂幃嗟去渺。

痛此日捧觴靈右，緬想慈容，撫膺呼咄咄。從此文鸞永逝，淒迷雲霧望歸遥。

夢中偶得聯語

一九五八年前

室邇人遐，楊柳多情偏怨別。
雨余春暮，海棠憔悴不成嬌。

代人賀李宗侗先生夫婦六十雙壽

二十世紀六十年代臺灣作

柱史才名，齊眉嘉耦。
尚書門第，周甲長年。

挽鄭因百教授夫人

萱堂猶健，左女方嬌。我來十四年前，初仰母儀接笑語。
潘鬢將衰，莊盆遽鼓。人去重陽節後，可知夫子倍傷神。

代父挽鄭因百教授夫人

荆布慕平陵，有德曜家風，垂儀百世。
門閭開北海，似康成夫婿，足慰今生。

代臺大中文系挽董作賓先生聯

簡拾流沙，覆發汲冢。史曆溯殷周，事業藏山應不朽。
節寒小雪，芹冷璧池。經師懷馬鄭，菁莪在沚有餘哀。

代臺靜農先生挽董作賓先生聯

四十年駒隙水流，憶當時聚首燕臺，同學少年，視予猶弟。
三千牘功成身逝，痛此日傷心海上，故人垂老，剩我哭君。

代人挽王平陵聯

擲筆人歸書未了。
臥床妻病目難瞑。

余又蓀先生以車禍喪生代余夫人挽聯

百歲光陰，千秋事業，有泰山之重，有鴻毛之輕，如君死太無名，忍使精魂喪輪下。
一封噩電，萬里遄歸，如連枝之折，如比目之分，從此生何可樂，空餘長恨向天涯。

代人挽溥心畬先生聯

是一代清才，爲末世王孫，誰知孤抱？
擅三絶書畫，留蒼松遺筆，想見高風。

又一聯

雲林墨妙無雙品。
太室名藏不朽人。

代人挽臺大張貴永教授

張教授爲史學家，以暴疾歿於西德。

馬帳風寒，萬里噩聞歐陸遠。
麟書史在，千秋事業玉山傳。

代張目寒夫人挽父聯

罔極念深恩，憶兒時萱堂早背，鞠育撫雙雛，父是嚴親兼慈母。
喪明知抱痛，嘆英歲芝蘭竟折，晨昏依卅載，我爲弱女愧非男。

代人挽秦德純聯

千秋付史官之論，塵劫憶燕雲，豈止才難兼意苦。
今夏有樽酒之聚，清談猶昨日，何知小別竟長歸。

代人挽于右任先生聯

生民國卅三年之前，掌柏署卅三年之久，開濟著勳猷，朝野同悲國大老。
溯長流九萬里之遠，搏天風九萬里之高，淋漓恣筆墨，鬚眉長憶舊詩人。

代父挽友人聯

矍鑠想當年，今雨同來惟有淚。
淒涼悲此日，古稀身後竟無人。

代人擬施氏臨濮堂聯

臺灣鹿港施氏新建宗祠，云其先世曾封臨濮侯，其族人因以臨濮名堂，囑以堂名嵌字爲聯。

臨履宜中，化及他方德乃大。

濮封世遠，裔傳遥海澤彌長。

西雅圖施友忠教授七旬初度之慶示以佳章，拜讀之餘因撰此聯爲賀

一九七二年

九畹抱芳懷，桃李三千植海外。
七旬誇健者，梅花一曲記平生。

一九七六年一月周總理逝世聯合國中國代表團囑我撰寫挽聯一副

革命爲人民求解放，盡瘁忘身，不惜憂勞終一世。
運籌爲舉世拓新猷，折衝尊俎，長留功業在人間。

一九七六年九月毛主席逝世聯合國中國代表團撰寫挽聯囑我代爲審定

井岡山建軍，遵義縣會議，經兩萬五千里長征，辟地開天，救危立國，功略駕漢武秦皇而上。
沁園春述志，念奴嬌問鳥，曆八十有二年歲月，著作等身，聲名蓋世，思想如高山偉岳長存。

爲黄尊生姻丈九旬大慶作

一九八四年六月

香江初謁，十年既往。翁壽彌康，如山長仰。
懋學中西，洪流泱漭。瞻望遥天，願隨履杖。
值此良辰，益增慕想。古墨一匣，聊供清賞。

祝賀中華詩詞學會成立聯語

一九八七年

游子遠瀛歸，喜見知音遍華夏。
良辰群彦集，共欽高躅憶靈均。

在泚菁莪思化雨。藏山述作祝長年。

賀不列顛哥倫比亞大學亞洲系蒲立本教授榮退

丁卯冬日作

代人賀友人母九十壽詩

海繳慈雲靄，新秋婺宿明。人間傳荻教，堂上喜萱榮。秉鐸追尼父，持旄慕子卿。誰賢如此母，耄耋祝長生。

代人作挽某同學父

陟屺傷心，風樹從今泣遊子。
耄年遺恨，天涯猶自盼王師。

代人賀某女教師退休聯

卅七年化雨春風，孟母德儀尼父業。
數千里江南海嶠，鴻光嘉耦鹿門歸。

不列顛哥倫比亞大學亞洲研究中心内中國研究室落成，撰聯爲賀

程門馬帳薪傳地。
東觀西園海外天。

周士心教授與陸馨如夫人金婚之喜，代謝琰先生撰聯爲賀

一九九六年

遊藝貫中西，四海雲山來紙上。
風詩友琴瑟，五旬嘉耦羨人間。

蔡章閣先生獲頒榮譽學位，撰聯爲賀

德教久傳名，百歲樹人功不朽。
瓊林今開宴，九如稱頌祝長年。

《松鶴天地》十二周年報慶，代謝琰先生撰聯爲賀，中嵌「松鶴天地」四字

文德比青松，十二載植根得地。
高風擬鳴鶴，九萬里結響遥天。

壬午夏不列顛哥倫比亞大學亞洲圖書館日文部管理員權並恒治榮休紀念（代謝琰先生作）

卅載同工，共以圖書爲伴侶。
一生歸老，長留勳績在黌宮。

舞鶴文物店新張嵌字聯

二〇〇三年

花發舞姿新，物美固應人共賞。
雲翔鶴羽潔，品高寧與俗同塵。

尹潔英女士八旬壽慶賀聯

二〇〇三年

十六載往事如新，記講學當年，遼瀋燕都，萬里相陪蒙照拂。
八旬壽慈萱未老，想華堂此日，兒孫親故，千觴共舉頌期頤。

爲加拿大温哥華中山公園撰聯

四宜書屋

四時花木庭常緑。

一卷詩書此最宜。

華楓堂

春賞華榮，風檻垂楊饒舞態。
秋看楓艷，石山流瀑有清音。

涵碧榭

池水一泓碧。
天光萬古涵。

通藝堂嵌字聯（代中僑互助會作）

通才有識融中外。
藝海無涯匯古今。

賽偉廉博士（Dr. William Saywell）榮休紀念（代西門菲沙大學王健教授作）

二〇〇六年

學術拓新猷，萬里經文通亞太。
菁莪懷舊澤，十年德教在黌宮。

魏德邁（Edgar Wickberg）教授精研華僑歷史，曾在僑鄉實地考察，退休後在温哥華創立歷史學會，友人囑爲撰聯相賀

二〇〇七年

踪迹遍僑鄉，曾著史書勛業永。
雲城創協會，更傳文化海天長。

爲王健教授撰聯致送加拿大亞太基金會

二〇〇七年八月

翼展鵬飛好向重洋啟門户。
雲蒸霞蔚要從四海滙斯文。

恭賀加國鐵路魯珀特市貨運港落成周年紀念誌慶（代王健教授作）

二〇〇八年

車舶往來欣見重洋連廣陸。

經文交會好憑雙軌接瀛寰。

謝琰先生囑寫此聯以贈友人

二〇〇九年六月

九皋鳴鶴。

四海傳聲。

題杜維運教授夫人孫雅明女士繪《月下黑白雙兔圖》

二〇一〇年八月

無損陰晴雲外一輪光皎潔。
欲分黑白毫端雙兔色分明。

爲中華書局所作賀聯

二〇一二年二月十五日

萬卷新裝添鄴架。
百年舊譽滿學林。

中華書局成立百年之慶　壬辰元月八九老人葉嘉瑩賀

賀《全清詞·雍乾卷》出版

二〇一二年三月

詞苑珠林，鴻篇開盛世。
名山寶藏，大業繼閑堂。

南開大學出版社成立三十周年之慶

二〇一三年三月二十日

百歲樹人端賴圖書開偉業。
卅年而立喜看鄴架滿新編。

温哥華攝影學會成立四十周年賀聯　二〇一四年九月

四十年華，早是立身不惑地。
三千世界，都爲入鏡有情天。

賀馬凱先生、忠秀女士結婚四十周年之慶　二〇一四年十二月

四十年鳳和鸞鳴，摯愛凝成紅寶石。
九萬里鵬飛鯤化，駿蹄直上碧雲天。

乙未新春迦陵偶題

二〇一五年二月

馬足已開新域界。

羊毫待繪錦江山。

楊敏如學姊百歲壽辰賀聯

二〇一六年五月

一生愛讀紅樓夢。

百歲猶存赤子情。

張海濤、于家慧二人俱愛詩詞喜成佳耦想見唱和之樂書此爲賀

緣結鸞鳳誇雙美。
詩詠關雎第四章。

錢學森誕辰一百零五周年上海交通大學錢學森研究中心囑題

高情直傍雲霄上。
偉業長留天地間。

葉嘉瑩丙申冬日於天津

挽馮其庸先生聯

二〇一七年一月

瓜飯記前塵，中道行寬，夢寫紅樓人共仰。
天山連瀚海，西遊樂極，心存淨土世同欽。

挽饒宗頤先生聯

二〇一八年二月

學藝貫今古中西，忽聽驚雷傳鳳靡。
知交憶港臺歐美，當年高誼感鶯啼①。

注①：饒先生當年曾賦《鶯啼序》二首相贈。

謹以短句祝賀鄭良樹先生古史文集出版

師生結誼，六十年前。滿園桃李，秀出群賢。出經入史，青勝冰寒。斯人雖逝，著述長傳。

舊日業師九四老人葉嘉瑩於迦陵學舍

祝賀甲子曲會成立二十周年

廿載傳芳訊。
千秋嗣雅音。

横山書院成立十年之慶

二〇一八年十一月二十八日

思往聖，仰高山，薪傳經史藝文，設帳十年收碩果。
集時賢，聽儻論，學貫東西今古，立言萬世拓新猷。

爲《日本漢文學百家集》題辭

二〇一八年十二月二十五日

時地雖相異。
詩心今古同。

附録二　迦陵存稿原序及跋文

迦陵存稿序

戴君仁

嘉瑩於民國三十一二年間，肄業北平輔仁大學時，從吾友顧羨季學詩詞曲，每有習作，輒爲羨季所激賞。稿留至今，擬付印資紀念，而先似余讀之。余觀其所作雖不多，而皆清真秀逸，饒有情韻，以大學生而有此，洵可謂罕見者矣。嘉瑩今教授臺灣大學中文系，有盛名，聽講者塞門户，誰知其三十年前已不凡若此哉！是足以示諸生矣，故樂爲之序。

民國五十八年七月廿三日

迦陵存稿跋

嘉瑩生長於燕京舊家，自幼即蒙家父母親課以識字讀書，然而年甫十三，即值七七事變，時家父遠在南京，迨抗戰軍興，乃隨國府西遷，而未幾家母又因病棄養，自茲而後，嘉瑩乃全賴伯父狷卿翁之教誨矣。伯父狷卿翁夙好詩古文辭，而於諸子弟中，對嘉瑩尤特加垂愛，自髫齡即授以古近體詩，暇更令試爲習作，循循誘掖，愛勉有加。及入輔仁大學國文系，又從顧師羡季先生受業，除詩歌外，更兼習詞曲。羡季師於詩歌之賞析，感鋭而思深，予嘉瑩之啓迪昭示極多，而對嘉瑩之期許寄望尤深，嘉瑩亦未嘗不以致力於舊詩詞之寫作爲興趣與志願之所在。然而人事多變，自民國三十七年底渡海來臺，二女先後出生，既不得不忙於舌耕爲餬口之計，而所遇之憂患艱危，更有決不爲外人知且不可爲外人道者，碌碌餘生，吟事遂廢。復加以近年來西方文藝現代思潮之日新月異，嘉瑩既於舊詩詞陷溺已深，難以自拔，雖欲追隨現代，乃力有所不能，而又性耽新異，對於完全局囿於舊格律之寫作，似亦已心有所不甘，因之遂絶筆不復存吟詠之念。唯是早歲之習染已深，偶爾因情觸景，亦仍時有一二詩句偶或涌現腦中，則亦唯有任其自生自滅，曾略無綴拾成篇之意，其偶有敷衍成章者，則如郊遊野柳之四絶，留别哈佛之三律等，或者以之寫示諸生，或者以之留别贈友，如是而已。年來往返國内外，每檢箱篋，時覩舊稿，則羡季師評改之手跡猶新，而伯父狷卿翁之音容笑貌，亦恍如仍在目前，然而竹幕深垂，不通音問者，蓋已廿載有餘矣。且伯父狷卿翁及羡季師並皆體弱多病，於三十七年春嘉瑩離平時即已衰象畢呈，則今日之安危存歿，蓋有不忍深思者矣。然而嘉瑩於舊詩詞之寫作則輟筆已久，年華空逝，往事難尋，偶一翻閲舊作，則當年故都老屋，家居在學之生活，點點滴滴，都如隔世，而追懷伯父狷卿翁及羡季師對嘉瑩教誨之殷，期望之切，更未嘗不衷心自疚，愧無能報。是編之輯，即泰半爲當日習作之舊稿，固早知其幼稚空疏略無可取，不過聊以懺悔一己之老大無成，且以之紀念伯父狷卿翁及羡季師教誨之深恩而已。因爲此跋。

己酉除夕葉嘉瑩跋於加拿大之温哥華城

迦陵存稿續跋

小女嘉瑩跋其詩稿既竟，來問教於余。回憶曩昔，瞻望將來，不覺棖觸萬端，亦思增加數言以補跋内所云之所未及。憶昔抗日戰爭爆發，小女正在髫年，余當時服務空軍，隨軍西遷蓉城，音問遂絶。詎料在此時期余又遭鼓盆之痛，小女煢煢，頓失所恃，一切教養均唯家兄狷卿公是賴。迨至國土重光，歡然回里，欣悉小女已經在輔大卒業，及睹其在此抗戰時期所作詩稿，時有真性情流露字裏行間，是皆家兄狷卿公及顧羨季先生之誘導提掖所致，至今感念，難以一刻忘懷。今日時下青年之有舊學修養者日尟，此稿問世，或可略見故都古風之一二乎！爰綴數語，聊當續書。

古燕葉廷元識。時爲小女迎養在加拿大温哥華城

附録三　迦陵年表

一九二四年　七月二日，生於家中（北京察院胡同二十三號）四合院内的東廂房。

一九二七年　父母親課識字，教以四聲之分辨。

一九三〇年　從姨母讀四書，又從伯父誦讀唐詩。

一九三四年　插班考入北平篤志小學五年級。始作絶句、文言文。

一九三五年　入北平市立女二中。始填詞。

一九四一年　入輔仁大學國文系。十月下旬母親病逝。

一九四二年　受業於顧隨教授。詩詞創作漸豐，經顧隨先生推介首次發表詞作於北京報刊，取筆名「迦陵」。

一九四三年　秋，在廣濟寺聽《妙法蓮花經》。

一九四五年　大學畢業，任佑貞女中、志成女中及華光女中三校國文教師。

一九四八年　春，赴南京。三月二十九日，在上海成婚，後一度任南京私立聖三中學國文教師。十一月，隨其夫之工作遷轉赴臺灣。

一九四九年　春，開始任臺灣彰化女中國文教師。八月，長女言言誕生。十二月二十五日，丈夫因「思想問題」被捕，入獄三年。

一九五〇年　六月底七月初，與彰化女中校長及其他五位教師一起因「思想問題」被拘詢，哺乳中未滿周歲的女兒同被拘留，後雖因查無實據被釋放，但因此失去教職。失業時，因無地安身，曾在親戚家以打地鋪方式，攜女寄居數月。其後經人介紹在私立臺南光華女中任國文教師數年。在此期間，曾應親友之邀，撰寫《說辛棄疾〈祝英臺近〉》一文及《夏完淳》小書一冊。

一九五二年　丈夫獲釋。

一九五三年　九月，次女言慧出生。

一九五四年　暑期因臺北二女中之聘，全家遷至臺北，與父親合住在信義路二段一六八巷父親單位的宿舍。擔任臺北二女中「禮」、「智」兩班國文課。並被臺灣大學聘為兼職教師。在《幼獅》雜誌發表第一篇論文《説辛棄疾〈祝英臺近〉》（《幼獅》一九五四年第二卷第八期）。第一部著作《夏完淳》由臺灣幼獅出版社出版。

一九五五年　受聘為臺灣大學專任教師，長達十四年，先後擔任大學國文、歷代文選、詩選、杜甫詩等課程。夏季開始在「浸信會」教會教主日學。

一九五六年　夏，在臺灣「教育部」主辦之文藝講座講授「唐宋詞選讀」，共五周。

一九五七年　辭去臺北二女中教職。

一九五八年　被聘為臺灣淡江文理學院（後正名為淡江大學）兼任教授，長達十一年，先後曾開設詩選、詞選、曲選、陶謝詩、杜甫詩、蘇辛詞等課程。

一九六一年　輔仁大學在臺灣復校，受聘為兼任教授，長達八年，先後開設詩選、詞選等課程。開始受邀至臺灣教育電臺播講「大學國文」。

一九六二年　春，與臺大學生一同郊遊野柳。

一九六五年　應臺灣教育電視臺之邀，播講「古詩十九首」。

一九六六年　暑期應邀赴美國哈佛大學任訪問學者，九月開學後赴密西根州立大學任客座教授。《杜甫秋興八首集説》由臺灣「中華叢書編審委員會」出版。

一九六七年　一月，參加美國學術協會委員會（American Council of Learned Societies）在北大西洋百慕大島（Bermuda Island）舉辦的以「中國文類研究」（Studies in Chinese Literary Genres）為主題的國際會議，提交英文論文《談夢窗詞的現代觀》（Wu Wen-Ying's Tz'u: A Modern View）。與會者都是西方著名漢學家，如英國牛津大學的霍克斯（David Hawkes）教授、美國耶魯大學的傅漢思（Hans Hermannt Frankel）教授、康乃爾大學的謝迪克（Harold Shedick）教授、加州大學的白芝（Cyril Birch）教授、哈佛大學的韓南（Patrick Hanan）教授及海陶瑋（James R. Hightower）教授，還有不少知名的華裔西方學者，如劉若愚、夏志清、陳世驤諸教授。會議結束後，仍返密西根州立大學任教。七月，再次以訪問教授的名義自密西根應邀赴哈佛。

一九六八年　春，在哈佛觀看張充和及其弟子李卉的昆曲演出，作詩相贈。應趙如蘭女士之邀，為趙元任先生所作之歌曲填寫歌辭《水雲謠》一首。秋，在美客座講學期滿返臺。

一九六九年　九月，赴加拿大温哥華，執教加拿大不列顛哥倫比亞大學亞洲研究系(Department of Asian Studies），任客座教授，秋冬之際陸續接丈夫、女兒及父親來温哥華團聚。臺灣商務印書館出版《迦陵存稿》（人人文庫一二五六分冊）。

一九七〇年　年初，獲聘加拿大不列顛哥倫比亞大學終身教授，之後在此校執教的十九年中開設過中國文學史簡介、中國古文選讀、中國歷代詩選讀、唐宋詞選讀、博士論文專題討論等課程。先後指導的研究生有施吉瑞（Jerry Schmidt）、白瑞德（Daniel Bryant）、羅德瑞（Terry Russell）、施逢雨、余綺華（Teresa Yu）、梁麗芳（Laifong Leung）、王仁強（Richard King）、方秀潔（Grace Fong）等人。十二月，赴加勒比海之處女群島（Virgin Islands）再次參加美國學術協會委員會舉辦的有關中國文學評賞途徑的國際學術會議，與日本漢學家吉川幸次郎教授及美國威斯康辛大學之周策縱教授相遇，有唱和詩多首。《迦陵談詩（上、下）》由臺灣三民書局出版，《迦陵談詞》由臺灣純文學出版社出版，此後二書多次重印。

一九七一年　二月十一日，父親因腦溢血病逝於温哥華。暑期遊訪歐洲（英國、法國、德國、義大利、瑞士、奧地利）。

一九七三年　赴加拿大渥太華中國大使館遞交回國探親申請。

一九七四年　暑期回國探親、旅遊，創作一千八百七十八字的七言古風《祖國行長歌》。

一九七六年　一月，為聯合國中國代表團舉辦之周恩來追悼會撰寫挽聯。三月二十四日，長女夫婦因車禍同時去世。九月，為聯合國中國代表團舉辦之毛澤東追悼會撰寫挽聯。因為用臺灣旅行證件回大陸多有不便，遂申請加入加拿大國籍。

一九七七年　再度回國探親，遊歷大慶、開封、西安等地。《中國古典詩歌評論集》由香港中華書局出版。

一九七八年　向中國國家教委寄出志願回國教書的申請。與南開大學外文系的李霽野教授取得書信聯繫。

一九七九年　回國教書的申請得到批准，三月應邀先後在北京大學、南開大學、南京大學講學。在京期間拜會周祖謨先生、陸穎明先生，並與兩位老師及同班同學史樹青、閻振益、閻貴森、郭預衡、曹桓武、顧之惠、房鳳敏、程忠海、劉在昭等餐聚。在津期間曾與部分同班同學，如陳繼揆、王鴻宗、叢志蘇等聚會。暑期後離津時，南開大學中文系以范曾先生所繪一幅《屈子行吟圖》相贈。自此每年都回南開大學講課並應邀赴國內各地院校講授詩詞。

一九八〇年　六月，赴美國威斯康辛大學（University of Wisconsin）參加「首屆國際《紅樓夢》研討會議」。《王國維及其文學批評》由香港中華書局出版。《迦陵論詞叢稿》由上海古籍出版社出版。

一九八一年　四月，赴成都參加杜甫學會首屆年會，與繆鉞先生相遇。在京拜會俞平伯先生。五月下旬，飛赴加拿大東岸的哈利法克斯參加亞洲學會年會，會後至佩基灣觀海。《迦陵論詞叢稿》被臺灣明文書局盜印出版。

一九八二年　再赴成都參加杜甫學會年會，沿途遊歷昆明、兗州、曲阜、泰山、濟南、鞏縣等地。在四川大學講學時與繆鉞先生約定合撰《靈谿詞説》。《中國古典詩歌評論集》、《王國維及其文學批評》由廣東人民出版社出版。《迦陵存稿》由臺灣商務印書館再版。

一九八三年　春夏之交，在四川大學講學。冬日，赴昆明雲南大學講學。臺灣純真出版社及源流文化事業有限公司未經作者授權，相繼在臺灣盜印出版《中國古典詩歌評論集》及《王國維及其文學批評》。

一九八四年　《迦陵論詩叢稿》由北京中華書局出版。

一九八五年　《迦陵談詩二集》由臺灣東大圖書公司出版。

一九八七年　二月，應北京輔仁大學校友會、中華詩詞學會、國家教委老幹部協會、中國國際文化交流中心諸單位聯合邀請在國家教委禮堂舉行唐宋詞系列講座。五月，中華詩詞學會成立，被聘為顧問。與繆鉞合著之《靈谿詞説》由上海古籍出版社出版。葉氏所撰部分又另版為《唐宋詞名家論集》由臺灣國文天地出版。

一九八八年　七月十四日，趙朴初先生邀至廣濟寺相聚，當日為葉氏農曆生日。《中國詞學的現代觀》（一册）及《唐宋名家詞賞析》（四册）由臺灣大安出版社出版。《唐宋詞十七講》由湖南嶽麓書社出版，該書錄音帶及錄影帶由北京師範大學出版社出版。《杜甫秋興八首集説》由上海古籍出版社增輯再版。

一九八九年　年初，應臺灣「清華大學」之邀在離臺二十年後首度返臺講學，一個月曾在臺灣大學、輔仁大學、淡江大學共作了七場演講。七月，至美國哈佛大學。是年從加拿大不列顛哥倫比亞大學亞洲研究系退休。

一九九〇年　五月，參加在美國緬因州舉行的「北美第一屆國際詞學會議」。秋，應臺灣「清華大學」之邀赴臺講學一年。《中國詞學的現代觀》由湖南嶽麓書社出版。

一九九一年　四月，在臺灣講學時接到當選加拿大皇家學會院士的信函。冬，在南開大學專家樓初會楊振寧先生。《詩馨篇（上、下）》由中國青年出版社出版。

一九九二年　春夏之交，赴蘭州大學講學，遊歷敦煌等地。九月二十八日，應邀於耶魯大學講「辛棄疾詞」。《詞學古今談》由臺灣萬卷樓圖書公司出版。《中國古典詩詞評論集》、《王國維及其文學批評（增訂本）》由臺灣桂冠圖書股份有限公司出版。湖南嶽麓書社出版《中國詞學的現代觀（增訂版）》。

一九九三年　一月，在南開大學創建「中國文學比較研究所」。應邀在美國加州萬佛聖城講陶淵明詩。春夏之交，親赴蒙特利爾的麥吉爾大學參加了加拿大皇家學會院士證書頒發儀式。六月二十五日，受邀在耶魯大學參加「婦女與文學」之國際會議，並提交論文《朱彝尊〈靜志居琴趣〉之「弱德之美」的美感特質》。與繆鉞合著之《詞學古今談》由湖南嶽麓書社出版。與繆鉞合著之《靈谿詞說》繁體字版由臺灣正中書局出版。

一九九四年　七月，被新加坡國立大學聘為客座教授。寒假時至北京與陳邦炎先生談及在國內成立古典文學幼年班的設想，陳邦炎先生向趙朴初先生轉達後，趙朴初先生在十一月六日給陳邦炎先生的回信中對此設想表示肯定，並擬邀請張志公、葉至善等政協委員聯名在次年的政協會議上提出提案。十二月，在香港浸會大學發表演講「談北宋晏歐令詞中文本之潛能」。《杜甫秋興八首集説》改由臺灣桂冠圖書股份有限公司重版。

一九九五年　六月二十九日，在哈佛大學講「清詞之復興」。七月十五日至十七日，應邀赴美國奧立根大學（University of Oregon）講「唐詩」（Tang Poetry），分別以中英文發表兩次講演，並參加一次會議。與繆鉞合著的《靈谿詞説》獲教育部「全國高等學校首屆人文社會科學研究優秀成果獎」一等獎。

一九九六年　七月，在美國維蒙特（Vermont）講「清代史詞及文廷式詞」。九月中旬，赴烏魯木齊參加中國社科院文研所與新疆師範大學聯合舉辦之「世紀之交中國古典文學及絲綢之路文明國際學術研討會」，遊歷吐魯番、交河、高昌故墟、玉門關、天池等地。《清詞選講》由臺灣三民書局出版。為田師善先生編選的《與古詩交朋友》一書提供了編輯意見，並撰寫了序言，更且錄製了吟誦音帶，該書由天津人民出版社出版。與陳邦炎合著之《清詞名家論集》由臺灣「中央研究院」出版。

一九九七年　寒假在不列顛哥倫比亞大學為留學生子弟講古詩。三月至六月，應陳幼石教授邀請至美國明尼蘇達大學（University of Minnesota, Twin Cities）講學。捐出自己退休金的一半，共計十萬美元在南開大學設立「葉氏駝庵獎學金」和「永言學術基金」，開始在南開大學中文系招收碩士研究生。温哥華企業家蔡章閣老先生在温哥華謝琰先生家中聽過葉氏一次講座後，主動捐資兩百萬元人民幣為南開大學興建中華古典文化研究所（與範孫樓聯為一體）。《迦陵文集》（共十册）由河北教育出版社出版。《阮籍詠懷詩講錄》由天津教育出版社出版。《迦陵談詞》改由臺灣三民書局重版。

一九九八年　致函江澤民主席呼籲重視童幼年之古典文化教育，江主席批復由李嵐清副總理交教育部，隨後教育部基礎教育司編寫了《古詩詞誦讀精華》教材一套。七月，應温哥華中華文化中心講座之邀主講「北宋初期晏歐詞」（共四講）。與海陶瑋教授合撰英文版《中國詩歌論集》（*Studies in Chinese Poetry*）由美國哈佛大學亞洲中心（Harvard University Asia Center）出版。《好詩共欣賞》由臺灣三民書局出版。《唐宋名家詞賞析》（共四册）由臺灣大安出版社再版。

一九九九年　四月至七月，應温哥華中華文化中心講座之邀，講「柳永蘇軾詞」（共六講）、「杜甫詩賞析」（共八講）。十月，出席南開大學中華古典文化研究所大樓落成典禮（南開大學文學院原有之「中國文學比較研究所」更名為「中華古典文化研究所」）。十一月，在香港嶺南大學講「中國古典詩歌的特質」。《葉嘉瑩説詞》由上海古籍出版社出版。《迦陵詩詞稿》由河北教育出版社出版。

二〇〇〇年

二月二十日，出席臺北國際書展，並在書展中舉行臺灣桂冠圖書股份有限公司出版的《葉嘉瑩作品集》新書座談會，且發表演講「談中國古典詩詞的今昔」。二月二十二日，在臺灣大學講「百年回首庚子秋詞」。二月二十四日，在臺北師大講「從西方文論談令詞的多義與潛能」。二月二十五日，在臺灣輔仁大學講「為什麼愛情變成了歷史」。五月，應温哥華中華文化中心講座之邀，講「百年回首」（共五講）及「詩詞文本中的多義與潛能」（共兩講）。六月二十八日至七月二日，應臺灣「中央研究院」文哲所之邀赴臺參加「世變與文學」國際會議，提交論文《談詞之美感特質之形成及詞學之反思與世變之關係》。七月四日，應澳門大學之邀參加澳門首次國際詞學會議，初識澳門企業家沈秉和先生，沈先生主動提出向南開大學文學院中華古典文化研究所捐資一百萬元人民幣。七月十九日至二十二日，應邀至海南師範學院，舉辦講座「詞之美感特質」。九月二十三日至二十八日，應邀至深圳參加「全國第十四屆中華詩詞研討會」，發表演講「如何教幼兒學唐詩」。十月二十一日，應天津電大徐導之邀參加拍攝幼兒學唐詩系列錄影《與古詩交朋友》。十一月，南開大學文學院成立，開始在南開大學文學院招收博士研究生。十一月二十七日至三十日，在南開大學講「從西方文論看李商隱的幾首詩」。年底，「第四屆葉氏駝庵獎學金頒獎典禮」上以「吟誦」為題作報告，邀請范曾先生出席並吟誦《離騷》。臺灣桂冠圖書股份有限公司出版《葉嘉瑩作品集》（共二十四册）之前二十二册：《我的詩詞道路》、《迦陵雜文集》、《迦陵詩詞稿》、《漢魏六朝詩講錄（上、下）》、《阮籍詠懷詩講錄》、《陶淵明飲酒詩講錄》、《唐宋詞十七講（上、下）》、《迦陵説詩講稿》、《迦陵説詞講稿（上、下）》、《清詞散論》、《詞學新詮》、《名篇詞例選説》、《迦陵論詩叢稿（上、下）》、《迦陵論詞叢稿》、《唐宋詞名家論集》、《王國維及其文學批評（上、下）》、《杜甫秋興八首集説》。

二〇〇一年

一月八日，至天津耀華中學主講「詩詞的欣賞」。一月九日，天津電視臺播出專題記錄片《鄉根·詩魂》。二月至五月，應美國哥倫比亞大學（Columbia University）之邀客座講學一個學期，與王德威、夏志清重聚。六月二日，在加拿大西門菲沙大學（Simon Fraser University）港口分校舉辦「詩詞文化講座」。六月十七日至七月二十二日，在温哥華中華文化中心主講「北宋名家詞講座」。七月二十一日，參加海外華人作協會議。八月七日，在北京參加中國社科院舉辦的「文化視野與文學研究」國際學術會議並講話。八月十四日至二十三日，參加南開大學文學院中華古典文化研究所在天津薊縣舉辦的大專院校教師暑期詩詞講習班，在開幕式及結業式中發言並舉辦兩次講座。九月二十五日，應邀參加南開附小舉辦之詩歌吟誦會並講話。九月二十六日，開始在南開大學拍攝《唐宋詞講座》（南宋詞部分）錄影。十月三十日，應天津大學邀請演講「東坡詞欣賞」。《迦陵學詩筆記——顧羡季詩詞講記（上、下）》由臺灣桂冠圖書股份有限公司出版。

二〇〇二年

一月二十三日，受邀在香港浸會大學講「王國維之詞與詞論」。一月二十九日，在（澳門聯合國教科文中心）澳門筆會上演講「論詞之雅鄭在神不在貌」。三月十六日，受邀參加臺灣輔仁大學主辦的「中國文學史國際研討會」並作演講「閱讀視野與詩詞評賞」。三月二十日，應邀至臺大圖書館禮堂發表專題演講。六月十一日至七月二十六日，在温哥華嶺南長者學院講授「古詩十九首」（共六講）。六月十六日，在加拿大不列顛哥倫比亞全省多元文化學會講「李義山詩之美感特質」。七月二十八日，在温哥華 Parkhill Hotel 華語語文教師研習會講「我詩詞中的荷花」。自本年暑期開始在南開大學文學院招收博士後研究人員。秋，自南開大學專家樓遷入南開大學教師住宅區單元樓居住。九月十七日，在南開大學迎水道校區講「一位自然科學家的詞作」。九月二十日，於天津南開中學講「王國維在《人間詞話》中所提出的『三種境界』」。九月二十四日至二十六日，應席慕蓉邀一同赴葉赫尋根並在吉林大學講演。九月二十八日，受東南大學之邀講「石聲漢詞」。九月三十日，在蘇州大學講「詞之雅鄭在神不在貌」。十月二十五日，在南開大學主辦的「全國《紅樓夢》翻譯研討會」上講「《紅樓夢》中的詩詞」。十一月十三日，受香港嶺南大學之邀，舉辦三次講座：「漫談中國詩的欣賞」、「從雙重性別與雙重語境談詞之美感特質的形成」、「蘇軾詩化之詞的三種美感特質」。十一月十四日，被香港嶺南大學授予榮譽博士學位。四月至十一月期間，在中央電視臺「百家講壇」講「對傳統詞學與王國維詞論在西方理論之觀照中的反思」、「從王國維詞論談其《人間詞》的欣賞」、「幾首詠花的古詩」。十二月十五日，受中國現代文學館之邀講「從現代觀點看幾首舊詩」。主編《歷代名家詞新釋輯評叢書》（二十四册）由中國書店出版，並參與叢書中《王國維詞新釋輯評》一書之撰寫。

二〇〇三年

一月，在中國社會科學院文獻情報中心演講「小詞大人生」。一月二十九日，中央臺「百家講壇」播講「從現代觀點看幾首舊詩」。從二月開始，在香港城市大學客座講學一個學期，舉辦詩詞系列講座。二月中旬，在天津電視臺播講「花間及南唐詞講座」。澳門實業家沈秉和先生在南開大學文學院設立「迦陵古典文學獎助學金」，用以獎勵那些以高分考入中文系的新生，希望能夠以此激勵更多的優秀人才加入到研究和傳播中華古典文化的隊伍中來。三月十六日至十七日，赴臺參加「建構與反思——中國文學史的探索學術研討會」（此為輔仁大學慶祝在臺復校四十周年系列之活動）。四月二日至五日，臺灣洪建全基金會舉辦「葉嘉瑩談詩論詞系列講座」共三講：①「感發生命——進入詩歌世界之門鑰」；②「在時光折射中對詞之美感特質的解析」；③「杜詩選談」（與王文興教授對談）。六月二十一日至七月二十六日，在温哥華嶺南長者學院講「陶淵明《擬古》組詩」。八月，北京祖宅舊居——西城區察院胡同二十三號被拆。八月二十六日至二十九日，受邀參加在河北省北戴河召開的全國第十七屆中華詩詞研討會。九月，應邀至河北白洋澱觀賞荷花。九月二十二日至二十五日，應西安交通大學之邀講「杜甫的《秋興八首》」（共兩講）。九月，中央電視臺十頻道「講述」欄目播出專題片《詩魂》。十月五日，在國家圖書館講「從雙重語境與雙重性別看唐五代詞的審美特質」。十月十八日，在南開大學講「我與南開二十四年」。十一月八日至十一日，參加在東南大學舉辦的「中國人文教育高層論壇」首屆會議，並發表演講「小詞中的人生境界」。十一月十日，應南京大學之邀，發表演講「從李清照到沈祖棻——談女性詞作美感特質的演進」。十一月十六日，在南通工學院講「東坡詞的藝術與人生」。十二月二十日，在國家圖書館「部級領導幹部歷史文化講座」上演講「東坡詞的藝術與人生」。《詩詞的美感》由臺灣「中央研究院」出版。《兒童學唐詩》錄影（十張 VCD）由臺灣至鼎文化公司出版。

二〇〇四年

三月十三日至四月二十四日、五月十五日至七月三日，在温哥華嶺南長者學院分兩次舉辦「從性別與文化談女性詞作美感特質之演進」及「明清女性詞作」系列講座。五月，與温哥華友人謝琰、施淑儀、陶永強、梁珮、王錦媚等至妥芬諾島度假。九月三日至五日，應邀在北京參加中華文化促進會舉辦的「二〇〇四年文化高峰論壇」。九月十一日至十二日，在北京現代文學館演講「從王國維《紅樓夢評論》談起」、「王國維對南唐三家詞的評賞」。九月三十日、十月二十日，北京電視臺「華人紀事」欄目分別録製「葉嘉瑩教授專訪」、「葉嘉瑩教授與楊振寧教授對話」。十月二十一日至二十三日，南開大學舉辦「慶祝葉嘉瑩教授八十華誕暨國際詞學研討會」。蔡章閣先生之長公子、香港蔡章閣基金會主席蔡宏豪先生捐款三十萬元人民幣在南開大學文學院中華古典文化研究所設立「蔡章閣獎助學金」。十一月二日至五日，中央電視臺「百家講壇」播講「葉嘉瑩評點王國維的人生觀」、「葉嘉瑩評點《紅樓夢評論》」、「葉嘉瑩評賞南唐三家詞（上、下）」。十一月二十日至二十四日，應邀至上海觀看昆曲「青春版」《牡丹亭》。十二月二日，北京師範大學北京文化發展研究院、北京文化國際交流中心、文學院古代文學研究所主辦「葉嘉瑩先生八十壽辰暨學術思想研討會」，發表演講「《迦陵詩詞稿》中的鄉情」。十二月三日，鳳凰衛視「大紅鷹世紀大講堂」邀講「西方文論與傳統詞學」。《風景舊曾諳——葉嘉瑩説詩談詞》由香港城市大學出版社出版。《多面折射的光影——葉嘉瑩自選集》由南開大學出版社出版。

二〇〇五年

一月七日至二十三日，在天津電視臺錄製「談詞之美感特質的形成與演進」系列講座。一月二十七日，在南開大學文學院舉辦的「《中國古代文學作品選》課程二〇〇五年寒假全國高校骨幹教師研修班」上講「詞的特質與鑒賞」。二月十九日，在臺灣洪建全基金會敏隆講堂講「葉嘉瑩談戲曲」。二月二十三日，在臺灣「中央大學」主講「花間的歌唱」。二月二十五日，在臺灣「清華大學」

主講「英雄的眼淚」。二月二十六日，在臺灣「清華大學」主講「稼軒詞與夢窗詞」。三月二日，在臺灣長庚大學主講「詞的美感特質」。五月二十八日至七月二十三日，在温哥華嶺南長者學院開講「清詞系列之一——談清詞中興之源起——雲間三子及吳、龔、王、錢」（共八講）。八月二十七日，參加「中加漢語教學研討會年會」並作演講「從中文的語言特徵談古典詩詞的美感」。九月五日至九日，應王蒙先生之邀訪問中國海洋大學並演講「西方文論與傳統詞學」，與王蒙先生對談「中國傳統詩詞的感悟」。九月十八日至二十五日，應席慕蓉邀請赴内蒙古呼倫貝爾大草原作原鄉之旅。十月十六日，應邀參加「中國人民大學國學院開學典禮暨揭牌儀式」。十二月十七日，在國家圖書館講演「從性別與文化談早期女性詞作的美感特質」。十二月十九日，在北京大學講演「從文學體式與性别文化談詞之美感特質的形成與演進」。《南宋名家詞講錄》由天津古籍出版社出版。《漢學名家書系——葉嘉瑩自選集》由山東教育出版社出版。《迦陵論詩叢稿》（新一版）由中華書局出版。《葉嘉瑩教授八十華誕暨國際詞學研討會紀念文集》由南開大學出版社出版。《迦陵談詩》由臺灣東大圖書公司再版。

二〇〇六年

二月二十一日，受邀在中山大學講「從幾首詞例談詞的『弱德之美』」。二月二十六日，中央電視臺「大家」欄目播出葉嘉瑩教授專訪。三月，在臺灣「清華大學」舉辦「中國古典詩歌系列講座」（共五講）：①「從形象與情意之關係，看西方文論與傳統詩説中『賦比興』之説的異同」；②「從具體詩例看『賦比興』之作用在傳統詩歌中的演化」；③「陶淵明飲酒詩選講」；④「杜甫詩寫實中的象喻性」；⑤「李商隱的《錦瑟》與《燕臺》」。三月二十日，在臺灣東海大學「文史哲中西文化學術講座系列」主講「從文學體式與性別文化談詞的弱德之美」。三月二十七日，在臺灣淡江大學講「小詞的人生境界」。四月十八日，被臺灣斐陶斐榮譽學會授予第十一屆傑出成就獎。五月，與友人謝琰、施淑儀、陶永強、梁珮、王錦媚等至温哥華島（Vancouver Island）阿萊休閒區度假。六月三日至七月十五日，在温哥華嶺南長者學院續講「清詞系列之二——陽羨詞派陳維崧等人及納蘭性德」（共六講）。八月十六日，參加南開大學歷史學院「中唐以來思想文化與社會演進國際學術研討會」。九月，在津因左鎖骨骨折入住天津醫院。十月十九日，應邀至天津農學院發表演講「一位古生物學家詞中的生命反思」。十一月四日，在國家圖書館講「從不成家數的婦女哀歌到李清照詞的出現」。十一月六日，應馮其庸教授之邀在中國人民大學國學院作「小詞中的儒家修養」之演講。十二月十九日，在南開大學講「愛情與道德的矛盾和超越——論詞學發展的過程」。十二月三十日，在天津政協禮堂講「中國古典詩歌的吟誦傳統」。《清詞選講（修訂版）》由臺灣三民書局出版。《名篇詞例選説》、《唐宋名家詞賞析》二書的簡體字版由南開大學出版社出版。《唐宋詞系列講座》光碟（二十八張 VCD）由加拿大宋慶齡兒童基金會資助在天津北洋音像出版社正式出版。

二〇〇七年

二月三日、四日、十日、十一日，中國教育電視臺先後播出葉嘉瑩教授系列講座：「詞的美感特質」、「詞例的評賞」、「詩的美感特質」、「詩例的評賞」。二月十日，應國家圖書館「部級領導幹部歷史文化講座」之邀，發表演講「談婉約詞的欣賞」。三月七日，出席中華書局在南開大學文學院章閣廳舉辦的「葉嘉瑩《迦陵詩詞稿》新書發佈暨座談會」。七月一日至八月十一日，在温哥華嶺南長者學院續講「清詞系列之三——浙西詞派朱彝尊等人」（共六講）。九月二十九日，應中央電視臺之邀，在廣東佛山講「小詞中的儒家修養」。十月初，受邀訪臺灣，十月二日，在臺灣大學講「《史記·伯夷列傳》之章法與詞之美感特質」、「陳曾壽詞中的遺民心態」；十月四日，在洪建全文化教育基金會講「汪精衛詩詞中的『精衛情結』」；十月六日，在長庚大學講「鏡中人影——《迦陵詩詞稿》中的我（一）」；十月九日，在臺灣大學講「陳曾壽詞中的遺民心態」；十月十一日，在臺灣「清華大學」講「鏡中人影——《迦陵詩詞稿》中的我（二）」。十月十八日，在南開大學講「愛情為什麼變成了歷史——談清代詞史觀念的形成與清代的史詞」。十一月二十五日，香港鳳凰衛視「名人面對面」欄目播出「葉先生訪談」。十二月，應澳門中華詩詞學會邀請赴澳門參加愛國僑領梁披雲先生百歲壽典。《迦陵講演集》系列（共六種）：《詞之美感特質的形成與演進》、《唐宋詞十七講》、《唐五代名家詞選講》、《北宋名家詞選講》、《南宋名家詞選講》、《清代名家詞選講》由北京大學出版社出版。《迦陵説詩》系列（共八種）前四種：《葉嘉瑩説漢魏六朝詩》、《好詩共欣賞——葉嘉瑩説陶淵明杜甫李商隱三家詩》、《葉嘉瑩説阮籍詠懷詩》、《葉嘉瑩説陶淵明飲酒及擬古詩》以及《迦陵詩詞稿》由中華書局出版。《迦陵論詩叢稿》（中國文庫版）由中國出版集團、中華書局出版。《獨陪明月看荷花——葉嘉瑩詩詞選譯》（陶永強譯，謝琰書法）由（加拿大）中僑互助會出版。田師善選注、葉嘉瑩讀誦《與古詩交朋友》（書及光碟）改由北京圖書館出版社再版。《照花前後鏡——詞之美感特質的形成與演進》由臺灣「清華大學」出版社出版。在中央電視臺主講「百家講壇」的內容合集為《葉嘉瑩品詩詞》（三張 DVD）由中國人民大學出版社出版。

二〇〇八年

因五月三日赴渥太華參加長外孫女婚禮，順道在美國東部講學：五月六日，在美國華盛頓華府僑教中心舉辦講座，講題為「從雙重性別與雙重語境談晚唐五代詞的美感特質」；五月十日，美國哈佛大學邀講「現代文論與傳統詞學」。五月二十四日，丈夫病逝於温哥華。六月二十一日至七月二十六日，在温哥華嶺南長者學院續講「清詞系列之四——常州詞派張惠言等」（共六講）。九月十七日，應天津師範大學文學院邀講「古典詩詞的吟誦傳統」。十月二十四日，參加南京大學舉辦的「兩岸三地清詞學術研討會」，發表演講「清代詞人對詞之美感特質之反思」。十月二十五日，應東南大學「第四屆華英文化系列講座——大師系列」之邀，發表演講「王國維《人間詞話》問世百年的詞學反思」。十一月五日至十一月二十八日，「南開名家論壇」舉辦「葉嘉瑩先生回國講學三十周年系列講座」：「王國維《人間詞話》問世百年的詞學反思」（共四講）。十二月十二日，在南開中學講「《迦陵詩詞稿》中的荷花」。十二月二十日，被中華詩詞學會授予「中華詩詞終身成就獎」。《迦陵著作集》系列（共八種）：《杜甫秋興八首集説》、《迦陵論詞叢稿》、《迦陵論詩叢稿》、《唐宋詞名家論稿》、《王國維及其文學批評》、《清詞叢論》、《詞學新詮》、《迦陵雜文集》由北京大學出版社出版。《迦陵説詩》系列八種之餘下四種：《葉嘉瑩説杜甫詩》、《葉嘉瑩説詩講稿》、《葉嘉瑩説初盛唐詩》、《葉嘉瑩説中晚唐詩》由中華書局出版。《風景舊曾諳——葉嘉瑩談詩論詞》簡體字版由廣西師範大學出版社再版。

二〇〇九年

二月二十一日，在洪建全基金會敏隆紀念講座講「王國維《人間詞話》問世百年的詞學反思（上）」。二月二十三日，在臺灣「中央研究院」講「王國維《人間詞話》問世百年的詞學反思（下）」。六月二十日、二十一日，參加温哥華中學教師會議，發表演講「稼軒詞」。七月四日至八月十五日，在温哥華嶺南長者學院舉辦「王國維《人間詞話》問世百年」系列講座（共七講）。九月六日，應臺灣大塊文化出版股份有限公司之邀在北京大學英傑中心陽光大廳講「如何解讀迷人的詩謎——李商隱詩」。九月二十二日至二十五日，應邀赴杭州參加浙江衛視拍攝西湖節目。十月十二日，應中央電視臺之邀參加「中華誦」經典誦讀大型詩歌朗誦會，現場吟誦古典詩詞。十月十三日至十六日，應邀參加由教育部、首都師範大學聯合主辦的「中華吟誦周」活動。十月十七日，在南開大學發表演講「我與南開三十年」，作為南開大學建校九十年系列慶祝活動之一。十月二十四日，在天津廣播電視大學講「談《苦水作劇》在中國戲曲史上空前絕後的成就」。十一月六日至八日，在京參加「顧隨百年誕辰紀念會」，發表演講「談《苦水作劇》在中國戲曲史上空前絕後的成就」。十一月十二日，應南開大學跨文化交流研究院之邀，為即將出國教漢語的教師上中華詩詞文化培訓課，講題為「中華詩詞之特美系列講座」（第一講）。十二月十一日，應中山大學邀請，講「從一些實例看詩詞接受和傳達的資訊」。十二月十七日，應臺灣「中央大學」余紀忠講座之邀，發表演講「百煉鋼中繞指柔——辛棄疾詞的欣賞」。十二月十八日，受邀參加臺灣「中央大學」舉辦之「錢鍾書教授百歲紀念國際學術研討會」，發表演講「從中國詩論之傳統及詩風之轉變談《槐聚詩存》的評賞」。《詞之美感特質的形成與演進》講座錄影（三張DVD）由南開大學出版社出版。《神龍見首不見尾——談〈史記·伯夷列傳〉的章法與詞之若隱若現的美感特質》（一張DVD）、《汪精衛詩詞之中的「精衛情結」》（兩張DVD）、《鏡中人影》（四張DVD）三種講課錄影由臺灣大學出版中心出版。主編「南開大學中華古典文化研究所叢刊之一」手抄稿本三色評點陳維崧《迦陵詞（上、下）》由南開大學出版社彩色影印出版。

二〇一〇年

一月八日，應漢德唐書院中國政企領導中西文化博學班邀請，發表演講「從性別文化談小詞中畫眉簪花照鏡之傳統」。一月十五日，應國家漢辦全球孔子學院院長培訓班邀請，發表演講「中華詩詞之特美系列講座」（第二講）。一月三十日，北大清華天津校友會邀講「南唐馮李詞對花間温韋詞的拓展」（「中華詩詞之特美系列講座」第三講）。七月三日至八月七日，在温哥華嶺南長者學院舉辦系列講座「北宋名家詞選講之一——晏殊、歐陽修、晏幾道、秦觀」（共六講）。九月二十二日，應邀出席「中國因你更美麗」——二〇一〇《泊客中國》頒獎盛典，並為美國當代作家、翻譯家和著名漢學家比爾·波特頒獎。十月九日，應天津軍事交通學院邀約，舉辦講座「從西方意識批評文論談辛棄疾詞一本萬殊的成就」。十月十六日，參加揚州舉辦的首屆兒童母語論壇「小學母語教育與中華傳統文化」，發表演講「中國古典詩歌的欣賞」。十月十八日，參加南開大學文學院主辦的「中國唐代文學學會年會暨唐代文學國際研討會閉幕式」。十二月一日淩晨，温哥華家中失竊，丟失物品中包括臺靜農先生書寫的一幅聯語、繆鉞先生書寫的一首《相逢行》七言長古，以及范曾先生的三幅書畫作品：《維摩演教圖坐相》、《高士圖》與《水龍吟》詞書法。年底，作為首席專家中標二〇一〇年國家社科基金重大招標專案「中華吟誦的搶救、整理與研究」。《葉嘉瑩談詞》由南開大學出版社出版。《葉嘉瑩詩文選集》由中國文聯出版社出版。《南宋名家詞講錄》繁體字版由臺灣「清華大學」出版社出版。《迷人的詩謎——李商隱詩》簡體字版由文化藝術出版社出版。《陳曾壽詞中的遺民心態》（兩張DVD）講座錄影由臺灣大學出版中心出版。

二〇一一年

一月十日，在南開大學講「談中國舊詩之美感特質與吟誦之傳統」。二月十八日，在南開大學主講「我對中華傳統詩詞感發生命的理解」。三月二十二日、二十四日、二十六日，應臺灣大塊文化出版股份有限公司之邀，在南開大學舉辦「中華詩詞的吟誦傳統與美感特質」系列講座（共三講）。春夏返加期間，應加拿大華裔作家協會邀講「評介晚清名詞人陳曾壽」，並在温哥華開講系列講座「弱德之美——晚清世變中的詩詞」（共六講）。九月二十八日，應大連財經大學之邀，發表演講「從幾首詩例談中國詩歌之美感特質與吟誦之關係」。十月十八日，應南開大學「初識南開名師講座」之邀，發表演講「從幾首詩詞談我回國教學的動機與願望」。十月二十四日，應邀出席「陳省身先生誕辰一百周年紀念會」，並發言「從陳省身先生手書的一首詩談起」。十一月九日，應《文史參考》雜誌社之邀，在清華大學發表演講「我心中的詩詞家國」。十一月十三日，在首都師範大學參加第二屆中華吟誦周相關活動，主講「吟誦的重要性」。十二月二十九日，以最高票數當選由南開大學研究生院主辦的第四屆南開大學研究生「良師益友」。《王國維及其文學批評（上、下）》、《唐五代名家詞選講》兩書之繁體字版由臺灣「清華大學」出版社出版。

二〇一二年　為臺灣大塊文化出版股份有限公司出版的《經典少年游》系列叢書配錄吟誦錄音。二月一日，應邀出席由國務院參事室、中央文史研究館主辦的「中華詩詞吟唱會」。二月二十七日、二十九日和三月一日、三日，在南開大學錄製中國大學視頻公開課「小詞中的修養境界」（共四講）。三月七日，在南開大學漢語言文化學院講「論古典詩歌的美感與吟誦」。三月十七日，在國家圖書館「部級領導幹部歷史文化講座」發表演講「中國古典詩歌的美感特質與吟誦」。六月至七月，應加拿大華裔作家協會邀講「古典詩詞的美感特質」（共四講）。六月十五日，被聘為中央文史研究館館員。八月十七日，在温哥華地區列治文圖書館主講「從雙重性別與雙重語境談晚唐五代詞的欣賞」。九月二十八日，應邀出席由橫山書院與中國藝術研究院聯合主辦的「多聞多思系列學術公益講座」，發表演講「我與蓮花及佛法之因緣」。九月二十九日晚，出席橫山書院舉辦的「月印横山雅集」。十月二十五日，在南開大學「初識南開名師講座」主講「《迦陵詩詞稿》中的家國滄桑」。十月二十八日，應國家圖書館「部級領導幹部歷史文化講座」之邀講「小詞中的修養境界」。十月二十九日，應中國傳媒大學邀講「古典詩詞誦讀中的『家國情懷』」。《名篇詞例選説》簡體字版由北京出版社再版。《迦陵詩詞曲聯選集》由綫裝書局出版。臺灣大塊文化出版股份有限公司出版《葉嘉瑩作品集》前九種：《迦陵説詩講稿》、《迦陵論詩叢稿》、《漢魏六朝詩講録》、《阮籍詠懷詩講録》、《陶淵明飲酒及擬古詩講録》、《葉嘉瑩説初盛唐詩》、《葉嘉瑩説中晚唐詩》、《葉嘉瑩説杜甫詩》、《杜甫秋興八首集説》。

二〇一三年

二月十九日、二十日、二十一日，應中華吟誦學會與「親近母語」聯合邀請在南開大學愛大會館會議廳舉辦「古典詩詞的吟誦與教學」系列講座。三月八日，在南開大學主講「西方文論與中國詞學」。三月，作《金縷曲》為恭王府海棠雅集首唱。五月十九日，在加拿大温哥華出席「二〇一三年全加華文教育會議」並發表主題演講「南唐君臣詞之承前啟後的影響」。七月六日，出席由中華書局發起，光明日報、中央電視臺、中華詩詞學會、中華詩詞研究院、中國移動共同舉辦的「中國詩·中國夢——首屆『詩詞中國』傳統詩詞創作大賽頒獎典禮」，為大賽獲獎者頒獎。七月八日，湛如法師邀至法源寺相聚，當日為葉氏農曆生日。七月十三日，出席由横山書院與中國藝術研究院聯合主辦的「二〇一三文化中國講壇夏季講座」。七月二十七日、八月十日、八月十七日、八月二十四日，受加拿大華裔作家協會的邀請在加拿大西門菲沙大學舉辦「李商隱詩系列講座」（共四講）。十月三十一日，在南開大學主樓小禮堂講「從西方文論與中國傳統詩學談李商隱詩的詮釋與接受」。十一月二十五日至十二月八日，赴臺參加臺灣趨勢教育基金會等主辦的「向大師致敬——二〇一三葉嘉瑩」系列活動，包括在臺灣大學圖書館、臺灣圖書館舉辦的「慶祝葉嘉瑩教授九十華誕生平資料展」，在臺灣圖書館演講「從幾首詩例談杜甫繼古開今多方面之成就」。十二月十六日，在葉氏駝庵獎學金頒獎典禮上講「讀書曾值亂離年」。十二月二十日，出席中央電視臺「中華之光——傳播中華文化年度人物評選」頒獎典禮，榮獲「傳播中華文化年度人物」。十二月二十一日，應邀出席由中國民生銀行主辦的第八屆「快哉雅集」。十二月二十二日，在人民教育電子音像出版社錄製「詩的故事」。南開大學出版社成套出版《唐宋名家詞賞析》、《多面折射的光影——葉嘉瑩自選集》、《迦陵詩詞講稿選輯》、《葉嘉瑩談詞》、《中英參照迦陵詩詞論稿（上、下）》。《紅蕖留夢——葉嘉瑩談詩憶往》口述自傳由生活·讀書·新知三聯書店出版。與繆鉞合著《靈谿詞説》應讀者要求由臺灣正中書局少量再版。臺灣大塊文化出版股份有限公司出版《葉嘉瑩作品集》後九種：《葉嘉瑩説詞講稿》、《名篇詞例選説》、《唐宋詞十七講》、《唐宋詞名家論稿》、《我的詩詞道路》、《迦陵雜文集》、《迦陵詩詞稿》、《中國古典詩歌的美感特質與吟誦》、《迦陵學詩筆記（上、下）》。

二〇一四年

三月二十二日，應邀出席橫山書院與中國藝術研究院聯合主辦的「二〇一四文化中國春季講壇」，發表演講「九十回眸——論《迦陵詩詞稿》中之心路歷程」。四月十七日，在中國外文局演講「九十回眸」。五月九日至十二日，南開大學與中央文史研究館聯合舉辦「葉嘉瑩教授九十華誕暨中華詩教國際學術研討會」、「葉嘉瑩教授手稿、著作暨生平影像展」。國務院前總理温家寶，副總理劉延東、馬凱，加拿大總理哈珀均發來賀信。七月十六日，參加加拿大不列顛哥倫比亞大學亞洲圖書館舉辦的「葉嘉瑩教授手稿、著作暨生平影像展」。

九月二十九日，榮獲由鳳凰網、鳳凰衛視、嶽麓書院主辦的「致敬國學——二〇一四首屆全球華人國學大典」國學傳播獎。十一月二十二日，北京恭王府管理中心將兩株西府海棠移植到南開大學迦陵學舍。十二月六日，應邀出席由中國民生銀行主辦的第九屆「快哉雅集」。十二月七日，應民生中國書法公益基金會邀請在快哉雅集現場為海澱區、西城區師生及家長代表講「詩的故事」。十二月十四日，在南開大學為「首批全國稅務領軍人才培養研修班」講「詞意抉隱——談蘇辛詞各一首」。十二月二十日，出席橫山書院舉辦的「學在橫山·詩中忘年雅集」。《人間詞話七講》及《靈谿詞説正續編》（與繆鉞合著）由北京大學出版社出版，此外北京大學出版社還出版了《迦陵著作集》（《杜甫秋興八首集説》、《迦陵論詞叢稿》、《迦陵論詩叢稿》、《唐宋詞名家論稿》、《王國維及其文學批評》、《清詞叢論》、《詞學新詮》、《迦陵雜文集》）

八種一函的精裝本。《古典詩歌吟誦九講（附光碟）》、《與古詩交朋友》（田師善編注，葉嘉瑩校訂）兩書由廣西師範大學出版社出版。《中英參照迦陵詩詞論稿（修訂版）》由南開大學出版社出版。《迦陵詩詞稿（綫裝）》由中華書局出版。《名篇詞例選説》簡體字版由北京出版社再版。《迦陵談詞》簡體字版由生活·讀書·新知三聯書店出版。《紅蕖留夢——葉嘉瑩談詩憶往》繁體字版由臺灣大塊文化出版股份有限公司出版。

二〇一五年

一月六日，榮獲由中華文化促進會、香港鳳凰衛視主辦評選的「二〇一四中華文化人物」榮譽稱號。一月十一日，應邀至南開大學商學院演講「從漂泊到歸來」。二月十一日，在人民教育電子音像出版社錄製「葉嘉瑩談吟誦」。二月十二日，錄製民生中國書法公益基金會系列公益專案「中華詩詞人物系列《與詩書在一起》專題演講之馮延巳」。三月十五日，出席由横山書院和中國藝術研究院聯合主辦的「二〇一五文化中國春季講壇」，發表演講「我詩中的夢與夢中的詩」。三月十九日，錄製民生中國書法公益基金會系列公益專案「中華詩詞人物系列《與詩書在一起》專題演講之韋莊」。四月十三日，應邀出席文化部恭王府管理中心舉辦的第五屆「海棠雅集」，並現場誦讀了刊發在六十七年前的《中央日報》副刊《泱泱》版上的宗志黄的兩套散曲，一套以【南呂·一枝花】一支曲子為開端，發表於一九四八年七月十五日，寫的是在抗戰後期，百姓在戰亂中逃亡的顛沛流離之苦；另一套以【正宮·端正好】一支曲子為開端，發表於一九四八年六月二十一日，則寫的是國府大員於勝利後，把「接收」變成了「劫收」，上下貪腐，不到三年就面臨了敗亡的結果。四月十三日，錄製民生中國書法公益基金會系列公益專案「中華詩詞人物系列《與詩書在一起》專題演講之李煜」。四月二十六日，應邀參加由天津市文化廣播影視局、天津市新聞出版局、光明日報社聯合主辦，由天津圖書館及天澤書店承辦的「海津講壇」公益講座，在天津圖書館文化中心新館報告廳演講「從漂泊到歸來」。《人間詞話七講》榮獲由中宣部、中國圖書評論學會和中央電視臺聯合推選的「二〇一四中國好書」稱號。五月二日、九日，鳳凰衛視「文化大觀園」欄目連續兩期播出《對話詩詞大家葉嘉瑩（上、下）》。六月三日，錄製民生中國書法公益基金會系列公益專案「中華詩詞人物系列《與詩書在一起》專題演講之温庭筠」。六月十六日，國務院總理李克強親筆給葉先生等人就中華傳統吟誦的聯名信書寫了長達一頁的批示，充分肯定了多年來葉先生在延續詩教傳統、弘揚民族文化優秀元素方面做出的突出貢獻。八月二十日，當選中華詩詞學會名譽會長。十月十日，出席由横山書院和中國藝術研究院聯合主辦的「二〇一五文化中國秋季講壇」，發表演講「從詞的起源看絲路上的文化交流」。十月十七日、十八日，南開大學與中央文史研究館聯合舉辦「葉嘉瑩教授從教七十周年系列活動」，其中包括三個主要活動：①十月十七日，在南開大學舉行「迦陵學舍啟用儀式」。此學舍之修建曾得到加拿大華僑劉和人女士、澳門實業家沈秉和先生各一百萬元人民幣的資助以及南開大學的大力支持，學舍之功能集教學、科研、辦公、生活於一體。學舍修建的消息傳出後得到社會各界人士方方面面的支援；②十月十八日上午，在南開大學東方藝術大樓舉行加拿大阿爾伯塔大學（University of Alberta）授予葉嘉瑩教授榮譽博士學位儀式，加拿大駐華大使趙朴（Guy Saint-Jacques）先生全程出席；③十月十八日下午，舉行葉嘉瑩古典詩詞教育思想座談會。十一月一日，應邀出席國務院參事室、中央文史研究館在國家美術館舉辦的「文史翰墨——第二屆中華詩書畫展」開幕式，並現場作吟誦示範；二日，應邀在北京會議中心面向全國各地文史館館員代表發表演講「從詞的起源看絲路上的文化交流」。《人間詞話七講》繁體版由臺灣大塊文化出版股份有限公司出版。中華書局將《迦陵説詩》系列（《葉嘉瑩説初盛唐詩》、《葉嘉瑩説中晚唐詩》、《葉嘉瑩説漢魏六朝詩》、《葉嘉瑩説陶淵明飲酒及擬古詩》、《葉嘉瑩説杜甫詩》、《葉嘉瑩説詩講稿》）六書配附光碟重新出版。中華詩詞研究院主編的《當代中華詩詞名家精品集——葉嘉瑩卷》由中國青年出版社出版。《小詞大雅》由北京大學出版社出版。《荷花五講》由商務印書館出版。《給孩子的古詩詞》由中信出版社出版，此書繁體版由香港牛津大學出版社出版，更名為《給孩子的詩詞》。《中華文化雲端系列講座——唐宋詞賞析》（六張DVD）由臺灣圖書館出版發行。

按：本年表由張靜、可延濤編，已經葉嘉瑩先生本人審閲校訂。